熊熊勇闖異世界
5
U0073863
くまなの
Illustrator029
Kadokawa Fantastic Novels

▶優奈 'S STATUS_

技能

▶異世界語言
可以將異世界的語言聽成日語。
說話時傳達給對方的內容也會轉變成異世界語言。

▶異世界文字
可以讀懂異世界的文字。
書寫的內容也會轉變成異世界文字。

▶熊熊異次元箱
白熊的嘴巴是無限大的空間。可以放進（吃掉）任何物品。
不過，裡面無法放進（吃掉）還活著的生物。
物品放在裡面的期間，時間會靜止。
放在異次元箱裡面的物品可以隨時取出。

▶熊熊觀察眼
透過黑白熊服裝的連衣帽上的熊熊眼睛，可以看見武器或道具的效果。

▶熊熊探測
藉由熊的野性能力，可以探測到魔物或人類。

▶熊熊地圖ver.2．0
可以將熊熊眼睛看到的地方製作成地圖。

▶熊熊召喚獸
可以從熊熊手套召喚出熊。
黑熊手套可以召喚出黑熊。
白熊手套可以召喚出白熊。
召喚獸小熊化：可以讓熊熊召喚獸變成小熊。

▶熊熊傳送門
只要設置傳送門，就可以在各扇門之間來回移動。
在設置好的門有三扇以上的情況下，可以透過想像來決定傳送地點。
傳送門必須要戴著熊熊手套才能夠打開。

▶熊熊電話
可以和遠方的人通話。
創造出來以後，能維持形體直到施術者消除為止。不會因為物理衝擊而損壞。
只要想著持有熊熊電話的對象就能接通。
來電鈴聲是熊叫。持有者可藉由灌注魔力切換開關，進行通話。

魔法

▶熊熊之光
藉由聚集在熊熊手套上的魔力，可以產生熊熊形狀的光球。

▶熊熊身體強化
將魔力灌注到熊熊裝備，就可以進行身體強化。

▶熊熊火屬性魔法
藉由聚集在熊熊手套上的魔力，可以使用火屬性的魔法。
威力會與魔力、想像呈正比。
如果想像出熊的模樣，威力會變得更強。

▶熊熊水屬性魔法
藉由聚集在熊熊手套上的魔力，可使用水屬性的魔法。
威力會與魔力、想像呈正比。
如果想像出熊的模樣，威力會變得更強。

▶熊熊風屬性魔法
藉由聚集在熊熊手套上的魔力，可以使用風屬性的魔法。
威力會與魔力、想像呈正比。
如果想像出熊的模樣，威力會變得更強。

▶熊熊地屬性魔法
藉由聚集在熊熊手套上的魔力，可以使用地屬性的魔法。
威力會與魔力、想像呈正比。
如果想像出熊的模樣，威力會變得更強。

▶熊熊治療魔法
可以使用熊熊的善良心地治療傷病。

裝備

▶黑熊手套（不可轉讓）
攻擊手套，威力會根據使用者的等級而提升。

▶白熊手套（不可轉讓）
防禦手套，防禦力會根據使用者的等級而提升。

▶黑熊鞋子（不可轉讓）
▶白熊鞋子（不可轉讓）
速度會根據使用者的等級而提升。
根據使用者的等級，可以長時間步行而不會感到疲勞。

▶黑白熊服裝（不可轉讓）
外觀是布偶裝。具有雙面翻轉功能。

正面：黑熊服裝
物理與魔法防禦力會根據使用者的等級而提升。
具有耐熱與耐寒功能。

反面：白熊服裝
穿著時體力與魔力會自動回復。
回復量與回復速度會根據使用者的等級而提升。
具有耐熱與耐寒功能。

▶熊熊內衣（不可轉讓）
不管使用多久都不會髒。
是不會附著汗水和氣味的優秀裝備。
大小會根據裝備者的成長而變化。

96 熊熊挖隧道

擊退克拉肯後的歡慶氣氛在隔天平息下來，密利拉鎮回到了往常的生活。

原本被盜賊阻擋的路已經可以通行，在海中搗亂的克拉肯也消失了。

迪加先生說，鎮上再過一陣子應該就會恢復原狀。

迪加先生因為喝了個爛醉，被女兒安絲臭罵了一頓。可是，他們兩人的表情不像幾天前一樣憂鬱，說話時的神情也很開心。

「優奈小姐，今天的早餐也要吃飯嗎？」

「嗯，拜託妳了。」

難得拿到米了，我當然要吃。我請安絲幫我烤魚，再煎我帶來的蛋，解決了早餐。

吃完早餐，回到房間的我想起安絲昨天說過的話。

只要夠近，她就願意去克里莫尼亞。

我很想請安絲過來克里莫尼亞。可是，就算能讓安絲騎著熊緩牠們到克里莫尼亞，弄不到海產也沒有意義。

要帶安絲去的話，就要先確保海產的流通路線才行。

可是，現在要去克里莫尼亞，除非沿著海岸線繞遠路，否則就只能越過山脈了。這兩種方法都很花時間，也不安全，實在不是能夠運送海鮮的路線。

要帶安絲過去，又要能夠常常吃到海鮮，就一定要讓往返克里莫尼亞和密利拉的方式變得更加容易才行。既然如此，我只能想到一個方法。那就是在兩座城鎮之間的山脈挖隧道。

只要有隧道，就可以縮短前往克里莫尼亞的時間，安絲也願意過來克里莫尼亞，還能促成海鮮的流通。

使用熊熊魔法應該可以挖隧道。

不過，要挖隧道還有一個問題。那就是光挖洞，也沒辦法挖成一條隧道。海拔高度。

從這一側水平挖掘，有可能會通到山腰；要是這一側比較低，甚至有可能怎麼挖都沒有盡頭。如果不知道海拔高度，就無法挖隧道。為了確認距離，我打開地圖。

「嗯？」

地圖好像變得不太一樣了？

以前都是2D地圖，現在卻變成3D地圖了。只要操作一下就可以看出地勢高低。

該不會是因為我打倒克拉肯，所以地圖升級了吧？

我確認了一下有沒有新增其他的技能，但好像沒有。

我重新確認地圖的技能。

熊熊地圖　ver.2．0

可以將熊熊眼睛看到的地方製作成地圖。

還ver.2．0咧，又不是軟體改版。可是想到要挖隧道，這個功能真是幫了大忙。

我重新看向地圖，可以清楚看到山脈有多高。真虧尤拉小姐他們敢爬上這座山。要不是有熊緩牠們在，我絕對不想去爬。

我在地圖上確認克里莫尼亞和密利拉的位置，尋找適合挖掘隧道的地點。

考慮到貨物要用馬車運送，接近主要道路的位置比較好。另外，如果是離這兩座城鎮近，高低變化和緩的路線，就可以減少馬車的負擔。我把這些因素納入考量，挑選隧道的位置。

當我相中兩個地點時，房門被人敲響了。

「誰？」

「我是賽伊。優奈小姐，可以借用一點時間嗎？」

賽伊先生？他是冒險者公會的人，不知道有什麼事。竟然會來旅館找我，真稀奇。

我打開門聽他說話。

「很抱歉，打擾您休息。會長有事找您，可以請您到冒險者公會一趟嗎？」

「有什麼事嗎？」

如果又是麻煩的事情，我可是會拒絕喔。

「我聽說是要商量關於鎮上的事。詳細的情形請您詢問會長。」

鎮上的事？

既然對方說阿朵拉小姐會說明詳細的情形，我也不好拒絕，於是就前往冒險者公會。我一到冒險者公會就被帶到後面的房間，進到房間裡便看到阿朵拉小姐、克羅爺爺跟另外兩名年長男性。

他們是誰呢？

「優奈，我們都在等妳呢，謝謝妳過來。總之，先隨便找個位子坐吧。」

「那個，找我有什麼事嗎？」

我一邊這麼問，一邊坐上最近的椅子。

「我們有點事想拜託妳。」

「拜託我？」

我反問。有一點不好的預感。

「我們想問妳可不可以幫這座城鎮，和克里莫尼亞的領主大人之間牽線。」

「牽線？」

「這次不是發生了很多事嗎？鎮長逃亡、商業公會的醜聞，還出現了克拉肯。要是繼續這樣下去，大家會遇上很多麻煩。所以，我們想跟克里莫尼亞城的領主大人談談。」

「什麼意思？」

「說得直白一點，就是密利拉鎮想要併入克里莫尼亞城。」

「意思是要併入別的國家嗎？」

阿朵拉小姐肯定我的疑問。

「這麼重要的事情，其他居民知道嗎？」

「不知道。不過，居民們都把今後的事情全權交給我們決定了。」

克羅爺爺回答。

「知道這件事的只有在場的這些人。他們都是這個鎮上的大老。本來是有五個人的，但有兩個人逃走了。」

「後來經過討論，我們決定併入別的國家。考慮到孩子們的未來，我們覺得繼續這樣下去是不行的。」

「所以嘍，我們在討論要併入哪座城市，就想到妳居住的克里莫尼亞城了。」

「可是，你們應該有跟其他城鎮進行貿易吧。那座城鎮不是比較近嗎？」

「我們不知道那個國家本身如何，但是那座城鎮的領主靠不住，只會考慮自己的利益。在盜賊出現以前，我們就曾經拜託那座城鎮關於克拉肯的事情，卻被要求付出一大筆錢。」

原本保持沉默的一個老爺爺不甘心地這麼說道，一旁的爺爺們也點了點頭。

「那也是一個原因。本來商業公會的失控應該要由我們來阻止，但是一說到是要籌措擊退克拉肯的資金，我們就無能為力了。如果那個領主沒有要求龐大的金額，商業公會的薩拉德說不定也不會幹出這次的事情。」

「我們或許也都和他同罪吧。」

三位老爺爺垂頭喪氣。

這樣啊，原來還有這種理由。

雖然我不太懂為什麼克羅爺爺要順從商業公會的指示，但既然是要籌措打倒克拉肯和盜賊的資金，也許真的不得不聽話吧。

「所以優奈，妳知道克里莫尼亞的領主大人是什麼樣的人嗎？」

「領主？」

也就是克里夫吧。

「他不是壞人喔。我也沒聽說關於金錢方面的醜聞。」

雖然有可能只是我不知道。

「總而言之，希望妳可以介紹我們和克里莫尼亞的領主大人交涉。根據交涉過程，我們會再決定要不要併入克里莫尼亞。可以麻煩妳嗎？」

「這件事我明白了，可是我不保證一定有結果喔。」

「那也沒關係。能拜託妳嗎？」

克羅爺爺等人對我低下頭。

「我會跟他談談看。要是不行，就先說抱歉了。」

「不，這樣已經很足夠了。幫我把這封信交給克里莫尼亞的領主大人吧，詳細的內容都寫在上面了。」

我從老爺爺手中接過信件。

「那麼，我明天早上就出發。」

愈早出發愈好。

「啊，不要忘了土地的事情喔。」

因為打倒了克拉肯，鎮上說好要給我一塊可以蓋房子的土地。

「我會在妳回來之前準備好的。」

「要給我一個好地點喔。」

我試著想像建在位置稍高的別墅（熊熊屋）。或許還不錯。

我回到旅館，把自己要回去克里莫尼亞的事情告訴迪加先生和安絲。

「妳要回去了嗎？」

「優奈小姐，為什麼不再多待一陣子呢？多虧有優奈小姐才能打倒克拉肯。我們想要請妳吃更多美味的料理。」

「好不容易可以捕魚，我本來想做一些好菜給妳嚐嚐的呢。」

安絲和迪加先生露出遺憾的表情，可是吃不到美食的我比他們更遺憾。

「我馬上就回來了，到時候再請我吃吧。」

「妳很快就會回來了嗎？」

「嗯，我要幫阿朵拉小姐跑個腿。只是要回克里莫尼亞一趟，一下子就回來了。」

「既然這樣，米要怎麼辦？我們先幫妳保管嗎？」

「不用了，我要帶走。」

我有熊熊箱可以用，所以沒問題。

迪加先生帶我到餐廳的倉庫。裡頭放著裝在木桶裡的米。

「我可以全部拿走嗎？」

木桶裡裝著相當多的米。即使現在已經可以出海了，鎮上的糧荒仍舊是事實。

「這是居民們帶來送給小姑娘的。全部都是妳的米。不要客氣，統統拿走吧。」

我心懷感激地把整個木桶收進熊熊箱。

這樣一來，就暫時不用擔心自己一個人要吃的份了。

隔天，我向迪加先生道謝後離開了旅館。

在通往鎮外的路上，遇到我的居民都會跟我打招呼。我輕輕揮著熊熊手套回應。接著，我來到鎮外就召喚出熊緩。騎到熊緩身上的我叫出地圖，前往自己先前看上的地點。

我們跑過道路，在途中進入森林。我決定以後再處理這附近的樹木，來到要挖掘隧道的地方。

應該是這附近吧？

我看著地圖確認克里莫尼亞的方向，選定要挖隧道的地點。

嗯，從這附近開始挖隧道應該沒問題。

我接著用土魔法做出一個臨時更衣間，換上白熊服裝。就算知道這裡沒有任何人，我還是沒有勇氣在戶外換衣服。

會換上白熊服裝，是因為我接下來要大量使用魔法。我可不想要像克拉肯那時候一樣，因為過度消耗魔力而累倒。只要變身成白熊，就可以快速恢復魔力。所以我這次沒有忘記換衣服。

換好衣服後，我站在要當成隧道入口的地方。

不管怎麼樣，先挖挖看吧。我把隧道的寬度設定成可以讓比一般馬車還要大上一號的馬車通過的寬度。

考量到馬車的大小，大概是這個尺寸吧。一開始，我決定好一定程度的隧道大小。只要決定好尺寸，接下來只要開挖就行了。因為隧道裡很陰暗，我做出熊熊光球照亮內部。

我一邊走一邊挖洞前進。為了防止坍塌，我把牆壁壓緊穩固，再把腳邊凹凸不平的地面撫

平。過程比想像中更麻煩。只挖洞是很簡單，但強化隧道壁和鋪平地面的作業很花時間。

多虧了白熊服裝，魔力消耗並不多。就算一開始是很辛苦的工作，一直重複同樣的動作，最後也會漸漸習慣。

單調的作業讓我昏昏欲睡，但我還是不斷挖掘再強化、挖掘再強化，有時候停下來確認方向和海拔高度。要是搞錯高度可就麻煩了。如果不做成一條平緩的路，馬車要通過的時候會很辛苦。

我在半路上吃了迪加先生幫我做的飯糰，填飽肚子。吃飽飯就會想要睡覺，所以我哼起歌來趕走睡意。我挖了好幾個小時，隧道終於開通了。我看看地圖，發現自己已經來到山脈的另一側。

終於出來了。

嗯？怎麼這麼暗？

雖然有熊熊光球照亮四周，但外頭黑漆漆的，一片黑暗。我抬頭仰望，只看到微弱的星光從枝葉間灑落。

我從早上開始默默挖洞，不知不覺就天黑了。難怪我打了好幾次呵欠。一發現現在是夜晚，睡意就向我襲來了。

我在隧道前拿出旅行用的熊熊屋。我在進屋前確認自己的身體有沒有髒，但即使在山裡挖隧道，白熊服裝依然一塵不染。不愧是熊熊服裝。

我走進熊熊屋，忍著睡意洗好澡，然後鑽進被窩。

我召喚縮小的熊緩和熊急當我的護衛。

「熊緩、熊急，晚安。」

我瞬間進入夢鄉。

97 熊熊去見克里夫

洗過澡，為了讓挖掘隧道而（在精神上）疲憊的身體休息，早早就寢的我被照進屋內的微弱陽光喚醒。

身體已經不會感到疲勞了。我簡單吃過早餐，再度叫出暫時召回的的熊急，朝克里莫尼亞出發。

我騎著熊急，沒花多少時間就抵達了克里莫尼亞。我向守衛打招呼後進城。當然，我把熊急叫了回來。

我決定在向菲娜和堤露米娜小姐報告自己回來的消息之前，先把受託的事情辦好。

我來到領主的宅邸，向見過面的守衛告知自己是來見克里夫的。我馬上就被帶進屋裡，見到克里夫了。

他很閒嗎？

「真難得妳是來找我，而不是諾雅。」

「因為有人託我來辦事嘛。」

「辦事？」

我把在密利拉拿到的信交給克里夫。接過信的克里夫當場讀了起來。等讀完信後，他嘆了一口氣。

「妳到底在做什麼啊？竟然一個人打倒克拉肯，太誇張了吧。」

「信上有寫是我打倒的嗎？」

我明明都叫阿朵拉小姐不要說出去了。

「雖然沒有寫出來，但上面寫著克拉肯是被一名冒險者打倒的，只要是認識妳的人，不管是誰都會覺得是妳吧！」

克里夫傻眼地說。

的確，既然克里夫知道我打倒過一萬隻魔物和黑蝰蛇，會發現也很正常。

可是，克羅爺爺也真是的，難道沒有更隱晦的寫法嗎？

「我也不是自願要殺死牠的。誰叫克拉肯要跑出來擋住我的去路。」

去路＝取得白米的道路。

一切都是擋路的克拉肯不好。

「誰來擋路就殺誰，妳是哪裡來的大王啊。難不成妳打算征服世界？」

「我才不會做那種麻煩的事呢。」

「可是妳也沒說做不到啊。」

「我做不到啦。」

也許做得到，但我沒有那個打算。

我實在不懂征服世界有什麼好玩的。要我去做那種麻煩事，我寧可睡午覺。雖然有很多主角轉生到異世界，努力當上勇者或魔王的故事。大家還真拚呢，要是我絕對不幹。

「算了，比起妳的事，現在更重要的是信的內容。」

「信裡寫了些什麼？」

雖然我知道一定程度的內容，卻不知道信裡寫了什麼。

「簡單來說就是這一個月左右發生的事，還有他們願意繳納稅金，希望我們將城鎮納入克里莫尼亞的領地。我都可以想像得到妳在那個鎮上做過什麼事了。」

他遙望著遠方，開始這麼說道。

「裡面寫了那麼多關於我的事嗎？」

「像是有一個冒險者捐獻食材，幫助了很多人；或是一個冒險者和四個冒險者一起打倒盜賊團，救出人質的事。還有就是多虧有一個冒險者打倒了克拉肯，城鎮才得以脫離糧食危機的事。信裡姑且算是完全沒有提到妳的名字，放心吧。」

這是要我怎麼放心啊？

不認識我的人就算看到這封信，應該也不會知道是我。可是像克里夫這麼了解我的人，就一定會發現吧？既然阿朵拉小姐和老爺爺他們不清楚我和克里夫的關係，那也沒辦法。

「算了，妳的事情先暫時放在一邊，問題是要怎麼跟對方談。要談事情的話就一定要見面吧。可是，他們的鎮上沒有鎮長。現在負責領導城鎮的只有三個老人，還有冒險者公會的會長負責輔佐。要把老人家叫到這裡來又太辛苦了。」

「克里夫，你不是很閒嗎？你去密利拉不就好了。」

「我說妳啊，我好歹也是個領主。我有工作要做，可不能離開城裡好幾天啊。」

「要去密利拉，一天就到得了喔。」

聽到我的話，克里夫他——

「…………這下我得幫妳叫醫生來了。」

就用認真的表情這麼說。

「我又沒有發燒。」

「怎麼可能到得了。要怎麼樣才能在一天內抵達隔了一座山脈的城鎮？難道要用飛的嗎？」

克里夫像是在耍人似的開始模仿鳥類拍翅膀的動作。這讓我覺得有點不爽。

「是不用飛啦，因為我挖了一條隧道。」

「…………啥？」

克里夫停止拍翅膀的動作，一臉呆滯。這張臉可不能被女兒諾雅看到。

「抱歉，妳可以再說一次嗎？我好像聽錯了。」

「我挖了一條隧道，如果是騎熊緩，一天之內就能到了。」

克里夫按住自己的太陽穴。

「妳不是在騙我吧？……………既然是妳，就有可能嗎？竟然能在那座山脈挖隧道。而且還是在這幾天內……………」

正確來說只花了一天啦。

「妳真的挖了隧道？」

「是啊。因為我想弄出一條流通海產的路線。」

而且，也是為了讓安絲過來克里莫尼亞。

「雖然我本來就知道妳這個人超乎常識，但沒想到這麼誇張。」

「所以說，只要騎熊緩就可以在一天之內抵達鎮上了。如果要帶那些爺爺過來就要用到馬車，會很花時間喔。」

「不，既然這樣就由我過去吧。」

決定得真快。

雖然總比猶豫不決來得好。

「而且我也得去確認一下妳做的隧道才行。」

還確認呢，好像在替我考試打分數一樣，感覺很討厭耶。

「那麼，什麼時候要出發？」

「我明天把緊急的工作解決掉。另外還要跟商業公會聯絡一下，所以後天再出發。」

克里夫稍微思考了一下，馬上這麼決定。

「商業公會？」

「因為信上說商業公會的會長犯了罪，這件事也要跟對方談過才行。可以的話，我也想要帶城裡的會長過去，妳的熊最多可以載多少人？」

「兩個人的話還坐得下。」

「既然這樣，能拜託妳嗎？」

「我是沒問題，可是如果會怕熊緩牠們就不行喔。」

我不想讓熊緩牠們載會怕的人。

不過，這次的事態緊急。密利拉的商業公會的會長被捕了。總不能一直放任現在的狀態不管，請克里莫尼亞的公會會長過去也是個好主意。

「那個女人應該沒問題。如果她會怕，不要帶她去就是了。」

克里夫可以接受就好。不過這樣沒關係嗎？

「那麼，後天我會去妳家接妳，妳就等著吧。」

我和克里夫約好之後來到走廊上，這時諾雅正好跑過來了。

「優奈小姐，既然來了就叫我一聲嘛。」

「因為我今天有事要找克里夫啊。」

「事情已經辦完了嗎？」

「今天的事都辦完了。」

「那應該有時間了吧。」

諾雅用可愛的笑容邀我，但她背後的人卻也帶著笑容看著我們。不知道為什麼，那張笑容讓我覺得很恐怖。

「沒關係嗎？菈菈小姐一直笑著看我們耶。」

諾雅往後一看，臉色發白。

看來諾雅果然也看得出菈菈小姐的笑容之下藏著什麼表情。

「諾雅兒大人，現在還是念書時間喔。」

「我已經累了。我想要休息。我想要補充熊熊成分。」

熊熊成分是什麼東西？我還是第一次聽到那種成分。如果真有那種成分，只要在地球的學界發表，一定可以得諾貝爾獎。

「我明白了。只能一下下喔。優奈小姐，可以請您稍微陪陪諾雅兒大人嗎？」

看到諾雅耍任性，菈菈小姐輕嘆了一口氣。

「可以啊。」

「那麼，拜託您了。我去幫兩位泡茶。」

菈菈小姐行了一禮，離開現場。

「那麼優奈小姐，我們去我的房間吧。」

諾雅拉起我戴著熊熊手套的手。

「對了，優奈小姐這陣子是去了哪裡呢？」

「艾雷岑特山脈對面的海邊。」

「越過那座山嗎？」

「因為有熊緩牠們在嘛。」

「熊緩牠們真厲害。話說回來，可以去海邊真好。我也好想去看看。」

「既然這樣，等天氣熱一點再一起去吧。」

「我也很想去，可是父親大人不許我出遠門。」

「沒問題的。以後就會變近了。」

「……………？」

諾雅微微歪起頭。

因為隧道的事情還不能說出去，所以我先模糊其詞。

「到時候我會幫妳說服他的。」

「真的嗎？約好了喔。對了，優奈小姐。我有件事想拜託妳。」

她用羞澀的表情向上瞟著我。這個舉動就連身為女生的我都覺得很可愛。如果是男的蘿莉控，一定會馬上答應她。

這個嘛，我也拒絕不了就是了。

「可以拜託妳叫熊熊出來嗎？」

她的請求就跟我想的一樣。畢竟剛剛才提到什麼熊熊成分嘛。

反正機會難得，我決定讓她見識一下變成小熊的熊緩和熊急。

「這、這、這、這是怎麼回事！這些熊熊是誰！」

「是熊緩和熊急啦。這樣的大小就可以待在房間裡了吧。」

諾雅緩緩靠近熊緩牠們。

牠們又不會逃走。

接著，她緊緊抱住熊緩和熊急。

「優奈小姐，請把這些熊熊讓給我！」

「不行。」

後來就算休息時間結束，諾雅也捨不得離開熊緩牠們，結果當然被菈菈小姐訓了一頓。

隔天，為了通知菲娜和提露米娜小姐我已經回來的消息，我前往孤兒院。

孤兒院附近有孩子們正在開心地玩耍。他們是我稱為幼年組的孩子們，最小的還在學走路，最大的孩子大概五歲。因為幼年組還不能照顧鳥兒或做勞力活，所以充滿活力地在外面玩。

一注意到我，孩子們就高興地湊過來了。

「熊姊姊！」

「大家都有當好朋友嗎？」

我看著孩子們。有一個孩子在距離大家一步之遠的地方看著我。是新來的孩子嗎？

「嗯！」

「大家都會一起玩喔。」

我看看周圍，好像沒有孩子被排擠。

「你們好乖喔。」

「嘿嘿嘿。」

「大家要一起開心地玩喔。」

「嗯！」

我一誇獎，孩子們就露出了笑容。然後，一個人牽起新來的孩子的手跑回去。其他的孩子們也跟了上去。新來的孩子也露出笑容，和大家打成一片。

不愧是院長和莉滋小姐，孩子們都很懂事。

和孩子們道別之後，我走向雞舍隔壁的小屋找堤露米娜小姐。堤露米娜小姐會在這裡數孩子們蒐集起來的蛋。負責照顧雞隻的是六歲以上的孩子，他們會蒐集蛋、打掃雞舍。

我走進小屋的時候，堤露米娜小姐正好在數蛋。菲娜和修莉也在幫她的忙。

「優奈姊姊！」

「我回來了。」

菲娜和修莉很高興地過來抱住我。

「有沒有發生什麼事？」

我問姊妹倆。不過如果真有什麼事，她們應該會用熊熊電話聯絡我。而且，現在這種悠閒的氣氛就代表什麼事都沒有發生。

「嗯，什麼事都沒有喔。爸爸和媽媽的感情也很好。」

那真是太好了。說不定再過不久，菲娜她們就會有新的弟弟妹妹了。

「菲娜，不用多嘴。」

被女兒提到家庭狀況的堤露米娜小姐有點不好意思。

「堤露米娜小姐，我回來了。」

我一邊摸著菲娜和修莉的頭，一邊走向堤露米娜小姐。

「歡迎回來，海邊怎麼樣？」

「這個嘛，雖然發生了很多事，但是滿好玩的。」

雖然遇到了克拉肯和盜賊。

「是嗎？我還在當冒險者的時候有去過，真想再去一次呢。」

只要走隧道，就可以輕鬆抵達了。下次帶堤露米娜小姐和孩子們一起去海邊或許也不錯，孩子們應該還沒有看過海。

和堤露米娜小姐打過招呼的我去找院長。

新蓋好的孤兒院有熊熊擺飾守著門口。我輕輕觸碰熊熊擺飾，在心裡默念著「你要保護孩子們喔」。

走進孤兒院內，院長和莉滋小姐都在。

我向兩人報告自己的歸來。

「院長，這是我帶回來的伴手禮。」

我從熊熊箱裡取出參加宴會時拿到的大量海鮮料理。

拿到這麼多，我自己一個人根本吃不完。因為所有人都一盤接一盤地把料理端過來，所以就剩下來了。

「是魚呀，妳帶了稀奇的食物來呢。雖然有點早，我們叫孩子們來吃午餐吧。」

「那麼，我去叫他們。」

莉滋小姐走了出去。

「對了，院長會殺魚嗎？」

「如果是河魚的話，我是有處理過。」

也對，孤兒院以前應該吃不起魚，這也沒辦法。

一想到這裡，我就覺得無論如何都要請安絲來克里莫尼亞才行。

98 熊熊走隧道

昨天我和菲娜等人一起度過一天，今天約好要和克里夫一起去密利拉鎮。

我記得他說商業公會的會長也要一起來。如果對方是會怕熊緩牠們的人，我打算拒絕。我這個人還沒有好到願意勉強讓害怕熊緩牠們的人同行。

我在熊熊屋等著，克里夫就和米蕾奴小姐一起過來了。

「讓妳久等了。」

「我沒有等很久啦，可是為什麼米蕾奴小姐也在？」

真是出乎意料的組合。雖然我會這麼想，說不定只是我看不習慣而已。

「什麼為什麼，米蕾奴就是這個城市的商業公會會長啊。我記得妳認識她吧？」

克里夫就像是想起什麼事一般問道。

我還是第一次聽說米蕾奴小姐就是公會會長耶。

「米蕾奴小姐，妳本來就是公會會長嗎？」

「奇怪，我沒有說過嗎？」

米蕾奴小姐裝傻地說。看她的表情，絕對是故意不說的。

我用懷疑的眼神看著米蕾奴小姐。

「開玩笑的啦。我真的只是找不到機會說而已。不管我是公會會長還是普通的職員，我們的關係都不會改變吧。」

她這麼辯解，但一定是騙人的。她只是想要享受隱瞞的樂趣而已。

「米蕾奴小姐，妳的年紀該不會比外表看起來還要大吧？」

米蕾奴小姐的外表本來就很年輕，看起來一點也不像是公會會長。唯一的可能性就是她和艾蕾羅拉小姐一樣只是看不出年齡。

「真沒禮貌，我就跟外表一樣，是二十幾歲喔。」

範圍也太廣了吧？

二十歲和二十九歲可差多了。算了，既然她不想說，那就表示應該是二十五歲以上。即使如此，這個年紀能當上公會會長還是很厲害。

不過，一想到米蕾奴小姐是公會會長，有些事情就說得通了。不管是批發蛋還是開店的時候，米蕾奴小姐都經常擅作決定。這可不是一個小職員能做得到的事。當時米蕾奴小姐總說「沒問題」、「交給我吧」，給了我許多方便。

最重要的是，就算我向一名職員要求不要賣蛋給領主，她也不可能有權力執行。現在回想起來，真的有很多疑點。

我都被外表很年輕的刻板印象騙了。

「管妳是二十幾歲、三十幾歲還是四十幾歲，總之快點出發吧。一直待在這裡也是浪費時間。」

克里夫一臉嫌麻煩的樣子，轉身走掉。

「等、等一下，二字頭和三字頭可是天差地別。而且你說四十幾歲是什麼意思！女人最討厭聽到這種話了。」

「沒關係。我和妳不一樣，已經結婚，還生小孩了。」

的確，既然有艾蕾羅拉小姐那麼漂亮的老婆，還有像諾雅和希雅一樣可愛的女兒，根本就是人生勝利組。除非想要外遇，否則沒有必要吸引其他的女性。

「克里夫，你該不會是想找我吵架吧？」

「我只是陳述事實而已。」

兩人之間開始瀰漫劍拔弩張的氣氛。

他們該不會是犬猿之交吧？雖然我不知道誰是狗，誰是猴子。

不過這不重要。

「米蕾奴小姐，妳願意去密利拉鎮嗎？」

「當然了，畢竟是關於商業公會的醜聞，而且如果隧道的事情是真的，我也想看看。只要有了隧道，城裡應該也會開始與密利拉鎮進行貿易。如此一來，就會有很多一定要我這個公會會長出馬才能處理的案件。最重要的是，如果有機會坐到傳聞中的優奈的熊，就算要翹班我也要

去。」

她看起來總是在商業公會坐櫃台，有好好在做公會會長的工作嗎？

「妳給我乖乖工作！」

「我去密利拉鎮不就是要工作嗎？」

「唔！」

被米蕾奴小姐正面回擊，克里夫陷入沉默。

「好了，優奈。我們快去見傳聞中的熊吧。」

米蕾奴小姐抓住我的肩膀往前走，後頭的克里夫帶著傻眼的表情跟著我們。算了，只要她願意工作就好。

我們要出城的時候，守衛對我們這個奇怪的組合感到驚訝。也對，領主大人和商業公會的會長在一起，當然會驚訝了。希望我不是其中一個原因。

走到城外的我往前伸出熊熊手套玩偶，召喚出熊緩和熊急。

「牠們就是傳聞中的熊啊。」

米蕾奴小姐一臉不可思議地看著熊緩和熊急。

「那麼，克里夫騎熊緩，米蕾奴小姐和我一起騎熊急吧。」

「我記得熊緩是黑色的吧。」

克里夫只聽到名字就理解了，並走向熊緩。

「優奈，熊緩和熊急是指什麼？」

「黑熊叫做熊緩，白熊叫做熊急。」

「呵呵，取名字的品味很有優奈的風格呢。」

「那是什麼意思？」

「意思是跟妳的外表一樣，很可愛的名字喔。」

米蕾奴小姐像在掩飾似的露出笑容。

我是不知道熊緩和熊急聽起來可不可愛，但我已經對這些名字有感情了。如果我有命名的品味，說不定可以想到更好的名字，但我現在覺得熊緩和熊急就很好了。

米蕾奴小姐靠近熊急。

「那麼，熊急，拜託你嘍。」

米蕾奴小姐撫摸熊急的脖子附近，熊急就露出舒服的表情。

「對了，優奈。要怎麼坐上去比較好？」

牠們和普通的馬不同，沒有裝馬鞍。

不過聽到米蕾奴小姐說的話，熊急就坐了下來，方便她坐上去。我先坐上熊急的背，而米蕾奴小姐坐在我後面。

「明明沒有馬鞍，坐起來卻很舒服呢。」

「就算長時間騎乘也沒問題喔。」

熊緩牠們坐起來非常舒服。騎在牠們身上，總是會遭到睡魔侵襲。

載著我們的熊緩和熊急朝著有隧道的艾雷岑特山脈出發。

一開始以慢慢奔跑的速度移動。

「牠們跑得很順暢呢。」

熊緩和熊急並排奔跑著。

「速度快真好。馬車就很慢了。」

和馬車比起來當然算快了。

後來，熊緩牠們漸漸加快速度，不用幾個小時就到了艾雷岑特山脈的山腳。

「我記得是在這附近。」

我們來到我挖隧道的地點附近。

從地圖上看來，應該是這附近才對。

「迷路了嗎？」

克里夫問道。

當我正在環顧四周的時候，熊急就自己開始行動了。

「熊急？」

熊急和熊緩就像在說「交給我們吧」，載著我們步行。

幾分鐘後，牠們找到了周遭長滿樹木的隧道。

「跟妳比起來，熊還比較聰明呢。」

這次我沒辦法反駁克里夫。

我們決定在進入隧道前休息一下。

「話說回來，多虧有熊，很快就到了呢。」

「要是商人看到了，一定會想要牠們。」

「冒險者也會想要吧。」

他們兩個人一邊喝著歐蓮果汁，一邊說著對熊緩和熊急的感想。

不管別人願意出多少錢，我都不會把熊緩牠們讓出去。如果有人想硬搶，就算是克里夫，我也不會放過。

「別用那種臉瞪著我。沒有人想要搶走妳的熊啦。要是做出那種事，我有幾條命都不夠。」

克里夫用力揉了揉我的頭。

克里夫和米蕾奴小姐走到隧道前面。

「這就是優奈挖的隧道啊。」

克里夫一看到隧道就進入了工作模式。然後，他和米蕾奴小姐開始用認真的表情討論。

「尺寸大概可以讓兩台馬車交會吧？」

「是呀。應該有那麼大。」

「比我想像得還要大呢。」

「可是如果有大型馬車通過，就沒辦法交會了呢。」

「要限制馬車的大小嗎？」

「嗯……可是如果有不知道規定的人來，那就傷腦筋了。」

「那要區分成奇數日和偶數日嗎？那樣的話，只要等一天就行了。」

「嗯……還要再看看情況吧？」

「也對，沒必要馬上得出結論。首先就調查一下隧道的距離，根據今後的狀況決定吧。」

我是不是應該做得更大一點呢？

「還有，這附近必須開墾一下，做一個駐紮地來管理隧道。」

米蕾奴小姐環顧四周。這附近草木叢生。

「還要決定隧道的通行費呢。」

「你覺得大概多少比較適合？」

「原本是會根據挖掘隧道所使用的資金來決定……」

兩人瞄了我一眼。

「要收錢嗎？」

「當然要收了。哪個笨蛋會免費提供設施啊。隧道需要錢來維護，而且也要僱用士兵或冒險者駐紮在這裡吧。」

「要是有盜賊或魔物跑到隧道裡，那就麻煩了。」

若是把隧道放著不管，的確可能會有魔物跑進去。為了防止這種情況，也需要有士兵或冒險者駐紮在這裡。而且是兩側的出入口都需要。只要想到這點，的確有必要收取通行費來管理隧道。

「而且裡面這麼暗，也要用魔石照亮才行吧。」

「光是設置光之魔石和魔力線就要花不少錢了。」

魔力線顧名思義就是流通魔力的線。以地球來說就像是傳遞電流的電線。熊熊屋也有用到魔力線。為了讓天花板的光之魔石發光，只要觸碰裝在牆壁上的普通魔石，魔力就會沿著魔力線傳遞，讓天花板的光之魔石發光。

「另外，還需要裝上風之魔石呢。」

「這麼長的話確實需要。更重要的是，從這裡到另一頭的距離有多長。根據長度，說不定還需要一個休息區。」

他們兩個人撇下我，討論著今後隧道的使用方法。

只要海鮮能運送到克里莫尼亞城，我就滿意了。但事情沒有那麼簡單。具體的細節就交給專

家處理吧。

之後我們也休息得差不多了，開始準備出發。

我做出熊熊光球，把它固定在前方。只要我移動，光球就會跟著我移動。

「優奈，麻煩妳走慢一點。我想要了解隧道的狀況和長度。」

熊緩牠們在隧道裡慢慢步行。

「好像不會有水滴下來。」

克里夫看著上方。

「我用魔法讓水流到外側了，所以不會滴下來。」

因為我可不想讓隧道變得像鐘乳石洞。

「這樣管理起來就輕鬆了。」

「還有就是強度的問題。要是崩塌就糟糕了。」

「只要用土之魔石補強，應該就沒問題了吧。」

把土之魔石嵌入土牆，似乎就可以增加強度。包圍著城市和王都的城牆好像也都嵌著土之魔石。

「除了光之魔石、風之魔石之外，還需要土之魔石。感覺很花錢呢。」

隧道需要用光之魔石當作照明；用風之魔石流通空氣；再用土之魔石提高隧道的強度。

「所以才要收通行費啊。」

「可是，一開始的花費要怎麼辦？對我們商業公會來說，事後付款會很困擾。」

「我出得起那一點錢，放心吧。」

「那麼，問題就是要取得魔石了呢。」

「商業公會能弄到手嗎？」

「嗯……可以是可以，但我怕打亂行情。而且我也想要避免缺貨的情況。」

「這樣的話，向王都進貨比較好嗎？」

「我覺得那樣比較好。向附近的城鎮進貨應該也會發生同樣的事。不過，如果是王都的話就不用擔心了。」

「我會準備錢，可以交給妳去辦嗎？」

「嗯，沒問題。」

原來要讓隧道能夠通行是這麼辛苦的事，不是只要挖出洞就算完成了。不只需要照明，也要確保空氣流通才行。

開店的時候也是，我這個外行人的想法實在是漏洞百出。

雖然我們在兩人談話的過程中也繼續前進，但還看不到出口。畢竟克里夫拜託我慢慢前進。

「這裡面要是沒有光，還真可怕呢。」

「優奈，那顆奇怪的光球沒問題嗎？」

竟然說是奇怪的光球，真沒禮貌。明明是熊熊形狀的光球。算了，我一開始也覺得很奇怪。

「沒問題啦。」

要是熄滅了，再做就好。

「要在頂端裝設光之魔石實在太費力，只能裝在兩旁的牆壁上了。」

因為上頭的高度足以讓馬車通過，所以一般情況下是搆不到的。如果要裝在頂端，就要每次都準備墊腳台才行。

「那樣的確比較好。就算一邊熄滅了，另一邊還亮著就放心了。」

「雖然花費會變成兩倍，但這也沒辦法。」

兩人談了很久，卻還是看不到隧道的盡頭。

「距離真長。」

「這個嘛，雖然我是直線挖通這座山脈，但距離還是很長。」

「這下子應該要做個休息區比較好。」

「要做的話，做在隧道的正中間比較好呢。」

我感覺到兩人的視線。

「你們該不會是要我做吧？」

「妳都做到這個地步了，再做個休息區也無妨吧。就如米蕾奴所說，能知道中心點的位置是最好的，但下次得測量正確的距離才行。」

「我是不知道距離啦，但是知道中心點在哪裡。」

只要看熊熊地圖，就可以大略知道中心的位置。

「真的嗎？」

「就快到了。」

我看著地圖，叫熊緩牠們往前跑。順帶一提，就算我打開地圖，這個世界的居民似乎也看不見。我已經請菲娜測試過這件事了。

「這附近大概就是中心點了。」

「妳連這種事情都看得出來嗎？」

「不過我只知道個大概，不要太依賴我喔。」

「一點誤差是無所謂。妳可以在這裡做出寬敞一點的場地嗎？」

我依照克里夫的指示，用土魔法把牆壁往深處壓。

「真厲害呢。這麼簡單就能挖出一個洞。」

過了一會兒，我完成了一個可以停放幾台馬車的空間。

「既然這裡就是中心點，接下來就不需要慢慢走了。優奈，可以麻煩妳加快速度嗎？」

我加快熊緩牠們的速度，跑完剩下的一半路程。

99 熊熊回到密利拉鎮

我們走出隧道的時候，太陽已經快要下山了。

海風吹過，新鮮的空氣進入我的體內。可能是長時間待在隧道裡的關係，這種感覺更加深刻。克里夫他們似乎也一樣，正在眺望著大海。

「真漂亮。」

「是啊。」

「既然隧道讓克里莫尼亞變得更近了，休假時來這座城鎮度假也不錯呢。」

「我下次也帶女兒一起來好了。」

諾雅一定也會很開心。

「可是，沒想到真的可以在一天內來到艾雷岑特山脈的另一側呢。」

「如果要繞過山脈，不知道要花幾天的時間。」

兩人這麼聊著，並看著沉入海中的夕陽前往城鎮。抵達鎮上的時候，我們遇到了我第一次來到鎮上時打過招呼的男人。我把熊緩與熊急叫回來，走向城鎮的入口。

「熊姑娘！妳回來了啊！」

看守大門的男人開心地跑了過來。

「我聽說妳在我不在鎮上時離開了，很遺憾不能跟妳道謝呢。」

他這麼一說我才想起來，我離開鎮上時遇到的是不同的人。

「讓我鄭重向妳道謝。謝謝妳救了這個城鎮。」

被當面這麼說，讓我覺得有點害臊。

「已經有很多人答謝我了，沒關係啦。而且我還拿到了米呢。」

米是讓我最高興的謝禮。

一想到我比較傾向滿足物欲而非口頭道謝，我也覺得自己有點糟糕。

「好像是呢。我也有拿家裡的米過去喔。雖然不多。」

「是嗎？謝謝你。我很珍惜著吃喔。」

我這麼一說，男人就露出開心的表情。

「抱歉打擾你們說話，可以讓我們進去城鎮了嗎？」

克里夫加入我們的談話。

「抱歉。你們兩位都是小姑娘的熟人嗎？」

「是啊，沒錯。」

「為了確認，可以跟你們借一下卡片嗎？」

男人回到崗位上，要求兩人提交卡片。

克里夫和米蕾奴小姐都乖乖地遞出卡片。

男人看過卡片。他的表情漸漸出現變化。

「……伯爵大人和公會會長。」

男人慢慢地把卡片還給兩人，然後低下頭。

「不好意思失禮了。請進。」

「不用在意，你不需要這麼拘束。」

「就是呀。沒有必要對這種男人低頭。」

米蕾奴小姐說得好像事不關己，但公會會長的頭銜也讓男人很吃驚耶。

我們進入城鎮，不過太陽已經下山，天色開始變暗了。今天應該沒有時間談話了吧。

「時間已經很晚了，怎麼辦？要去旅館的話，我可以帶路。」

「不，我想要先去見冒險者公會的會長。」

「對呀。既然鎮長不在，本來應該要跟領導鎮民的三位長者打招呼的。不過時間已經這麼晚了，最好可以先跟了解情況的公會會長說一聲。」

因為兩人意見一致，我們就直接前往冒險者公會。

在前往公會的路上，注意到我的居民向我打招呼。

幾乎所有人都對我說了感謝的話。可是，其中也有一些人氣我不告而別。

「優奈還真受歡迎呢。」

「她都打倒克拉肯了，當然會受歡迎。」

「可是，應該不只如此吧。優奈的可愛裝扮應該也是其中一個原因。」

我的打扮是指熊熊裝嗎？

靠熊的布偶裝受到歡迎，我也高興不起來啊。

我很擔心自己以後會不會像那些緞帶或眼鏡被說是本體的人一樣，被說成熊熊布偶裝才是本體。

如果我哪天不穿熊熊布偶裝走在路上，被所有居民視而不見的話，我可以想像得到自己會有多沮喪。

發現自己開始思考這種事後，我忍不住苦笑。

有人跟我說話就覺得麻煩，沒人跟我說話就覺得寂寞，這是我以前當邊緣人的後遺症嗎？

總之，希望我這個人不等於熊熊布偶裝。一定不是的。

我們一抵達冒險者公會，就看到職員正在善後。一個冒險者也沒有。冒險者之中有些人因為協助商業公會犯罪而被關進大牢，我也聽說有很多人因為愧疚而離開了城鎮。

我走進公會時，有一名職員注意到我。

「優奈小姐。」

現場的所有人聽到這句話都有所反應。

「阿朵拉小姐在嗎？」

「是，會長在。我馬上去叫她。」

職員小跑步到後面的房間。

後面的房間發出很大的開門聲，然後阿朵拉小姐就出現了。

她依然穿著強調胸部的衣服。

「優奈！妳已經回來了嗎？」

「阿朵拉小姐，我回來了。」

「那麼，結果怎麼樣？克里莫尼亞的領主大人怎麼說？」

她好像沒有注意到克里夫和米蕾奴小姐，並這麼問道。

「阿朵拉小姐，妳冷靜一點。我會說明的。」

「呃，抱歉。嗯，這兩位是？」

她好像注意到克里夫和米蕾奴小姐了。

「這個先生是克里莫尼亞的領主，叫做克里夫．佛……佛……什麼的貴族。」

我這麼介紹，頭就被輕打了一下。

「我說妳啊，連別人的名字都不記得嗎？要是用同樣的方式介紹別的貴族，妳就麻煩大了。」

我是不在意啦。」

「那不就好了嗎？」

誰叫克里夫的名字那麼長。我記不住全名啦。

更不要說我一次都沒有叫過了。

「妳啊……」

克里夫一臉傻眼地嘆氣。然後，他轉頭望向阿朵拉小姐。

「我是克里莫尼亞的領主，克里夫・佛許羅賽。我們剛剛才抵達，雖然時間不早了，還是決定過來打個招呼。」

克里夫很有禮貌地自我介紹。

「克里莫尼亞的領主大人……」

阿朵拉小姐呆愣地望著克里夫。

克里夫已經有艾蕾羅拉小姐這個美女老婆了，所以不行喔。

「然後，這位小姐是克里莫尼亞城的商業公會會長，米蕾奴小姐。」

「商業公會的會長……」

我接著介紹米蕾奴小姐，阿朵拉小姐就露出驚訝的表情看著她。

「我是在克里莫尼亞城的商業公會擔任會長的米蕾奴。這次我們公會的人似乎給各位添了麻煩，真的很抱歉。」

米蕾奴小姐打了招呼，阿朵拉小姐這才回過神來。

「我、我是在這個城鎮的冒險者公會擔任會長的阿朵拉。非常感謝兩位遠道而來。」

「遠？」

「很遠嗎？」

兩人看起來好像有話想說。阿朵拉小姐則看著他們兩個歪了頭。

「我沒想到領主大人和商業公會的會長會特地過來這裡。」

「這個嘛，因為信裡寫著那樣的內容啊。這件事不能交付給其他人。沒有事先告知就突然造訪，我很抱歉。」

「不，我很感謝兩位願意前來，並不覺得困擾。」

「謝謝妳這麼說。」

「那麼，正如克里夫大人所說，現在要召集其他人也太晚了，詳細情形就留待明日再談，請問可以嗎？」

阿朵拉小姐一臉抱歉地這麼說，不過克里夫也能理解，所以看起來並不在意。

「當然了，沒問題。」

「那麼，關於兩位今天下榻的地點……」

阿朵拉小姐一副難以啟齒的樣子。

「本來應該要請兩位住在鎮長的宅邸裡，可是現在沒有鎮長……實在不是能夠招待賓客的狀態……」

阿朵拉小姐的聲音愈來愈小。

「不需要在意這種事。都是因為我們沒有先聯絡就過來的關係，所以我們住旅館就夠了。」

阿朵拉小姐再度低頭行禮。

「謝謝您。明天我會派職員到旅館迎接，今天請兩位慢慢休息。當然了，住宿的費用由我們負擔。」

「嗯，我們就恭敬不如從命了。」

「那麼，優奈。你們應該會去住迪加的旅館吧。」

「嗯，我也要跟他們報告自己回來的消息才行。」

還有安絲的事情要談。而且我根本不知道其他的旅館。

「話說回來，阿朵拉小姐。妳的說話方式是不是怪怪的？」

「優奈！妳以為這位大人是誰呀。」

阿朵拉小姐偷瞄了一下克里夫。

「克里夫？……克里莫尼亞的領主？」

除此之外，我想不到別的了。

「光是知道這點就夠了吧。而且，妳叫克里夫大人的時候不加稱謂，沒關係嗎？」

這麼說來，我在不知不覺間就直呼克里夫的名字了。嗯～是從什麼時候開始的呢？

好像從第一次見面時就是這樣了，但決定性的時間點好像是知道關於孤兒院的事情的時候。

「呃，克里夫大人？」

「別那樣叫我！好噁心。」

「真過分。」

「但是，我可要先說，這才是普通人面對貴族的態度。奇怪的是妳。不過，我也不喜歡別人對我那麼拘束。但如果每個人都像優奈一樣，我就傷腦筋了，用普通的態度面對我就好。」

「是，我會努力的。那麼，請問您帶了幾位隨從呢？」

「沒有隨從。」

「…………」

阿朵拉小姐啞口無言。

雖然現在提起有點太晚了，但一般的貴族應該都會帶護衛吧。

「因為有優奈在，所以我沒有帶護衛。」

他該不會是很信任我吧？

「請問是真的嗎？」

「是啊，我們是騎優奈的熊過來這裡的。看了信上的內容，我認為愈早愈好，所以用最快的速度趕過來了。」

「非、非常感謝您。」

阿朵拉小姐很感動。她本來就是這種個性嗎？

阿朵拉小姐從剛才就一直用跟平常不同的方式講話，讓我的背一直癢起來。

「那麼還是請公會職員做您的護衛吧。」

「阿朵拉小姐，沒關係啦。反正有熊（我）在。」

「……可是……」

「那麼，可以請護衛在我不在他們身邊的時候代勞嗎？」

「……我知道了。那麼，今晚就拜託妳了。」

「只要是在旅館裡，熊（我）就會保護他們的安全。」

就算我睡得很沉，還有熊緩和熊急在，所以很安全。

時間已經很晚了，我們只談到這裡就離開冒險者公會，回到揮別幾天的迪加先生的旅館。

「小姑娘！妳回來了啊。」

我一走進旅館，迪加先生就晃著高大的身體走過來。

「我回來了。今天開始又要暫時請你們照顧了。」

「好啊，想住幾天都行。對了，那兩個人是誰？」

迪加先生望向站在我後方的克里夫和米蕾奴小姐。

「我是優奈的朋友克里夫。要暫時麻煩你們了。」

「我是米蕾奴。」

「既然是小姑娘的熟人，我們都很歡迎。旅館裡還有很多空房，想住多久都沒問題。當然不用付住宿費喔。」

不管怎麼樣，阿朵拉小姐都說會負擔住宿費了，所以一樣是免費。

「哎呀，這麼說不要緊嗎？如果我們是壞人，就會一直賴在這裡了喔。」

米蕾奴小姐開玩笑地對迪加先生這麼說。

「小姑娘的熟人怎麼可能會做那種事嘛。如果真的有，那肯定是冒用小姑娘名字的騙子。」

「優奈，妳很受人信任呢。」

「我們可不會馬上相信外人，可是只有小姑娘不同。這座城鎮的居民全都這麼認為。」

他們這麼信任我，讓我覺得有點恐怖。我做了那麼了不起的事嗎？

我稍微思考了一下。嗯，的確有。

發放糧食、擊退盜賊、解放俘虜、間接肅清商業公會、獵殺克拉肯，還提供了克拉肯的素材。這麼一想，會受人信任好像也很正常。

「所以，只要從小姑娘的口中知道對方是朋友，就值得信任了。」

怎麼，我好像變成某種宗教的教主了？我可不打算變成那種人。

「我是自願那麼做的，你們不用放在心上啦。真的拜託你們不要在意。」

我加重語氣這麼說。

無論如何，我都要現在阻止他們才行。

「可是……」

「要謝的話，只要你下次願意答應我的小小願望就行了。」

「妳說的小小願望是什麼？」

「現在還是祕密。」

「嗯，如果是我辦得到的事，我答應妳。」

這樣好嗎？這麼輕易就答應了。

我要帶走你的女兒嘍。

既然已經取得本人的一半許可，接下來就只要說服身為監護人的迪加先生了。

「那麼，小姑娘的朋友們。我會煮好料的，你們多吃一點吧。」

迪加先生端出一桌海鮮料理，兩人都吃得津津有味。

我們分別借了房間，消除今天的疲勞，準備迎接明天。我沒有忘記召喚熊緩和熊急來護衛我們。

「克里夫和米蕾奴小姐的房間如果有可疑人物靠近，也要告訴我喔。」

我一邊撫摸熊緩和熊急的頭一邊拜託牠們，牠們就小小地叫了一聲「咿～」回應我。

100 熊熊是沒人要的孩子？ 其一

隔天早上，我被熊緩和熊急叫醒。我醒來的時候是抱著熊緩，好像是在不知不覺中抱著熊緩睡著了，也好像是因為這樣才能睡得這麼香甜。

可是，因為我抱著熊緩睡覺，感覺熊急有點鬧彆扭。既然是睡著的時候發生的事情，就算鬧彆扭我也沒辦法。

不過，放著不管就太可憐了，於是我和熊急說好今晚一起睡，然後召回熊緩和熊急。

我為了吃早餐而來到餐廳時，克里夫和米蕾奴小姐已經在吃飯了。

「你們兩個起得真早。」

「時間有限，要做的事可多了。」

「我也很想睡，可是有太多事情要考慮了。」

說完，米蕾奴小姐小小地打了個呵欠。

「妳看起來很睏呢。」

「因為我想事情想到很晚嘛。」

「兩位還真辛苦。」

「……優奈。」

「優奈……」

「妳以為我們會這樣都是因為誰？」

「是我的錯嗎？」

不是我的錯吧。

「我不會說是妳的錯，但妳稍微想想自己做了什麼事吧。」

雖然我不能接受，但也能理解克里夫想說什麼，所以無法反駁。

我也向迪加先生點餐，然後坐到椅子上。

「話說回來，這個城鎮真是個好地方。我在吃早餐前到附近散步了一下。」

「實在不像曾經有盜賊和克拉肯出沒過的樣子呢。」

「這全都是優奈小姐的功勞。」

安絲這麼說著，把料理端了過來。

「優奈小姐為這個城鎮帶來了和平。」

「妳太誇張了啦。」

「鎮上的大家都跟我有同樣的想法喔。」

「呵呵，優奈是這個城鎮的英雄呢。」

我才不想當什麼英雄呢。

吃完飯後過了一陣子，在冒險者公會工作的賽伊先生就來了。

「各位早安。請問昨晚睡得還好嗎？」

「嗯，我們睡得很飽。」

剛才明明還很睏的樣子，米蕾奴小姐卻表現得很客氣。

「那真是太好了。那麼抱歉打擾各位休息，請問現在方便移駕到冒險者公會嗎？」

已經用餐完畢的兩人沒有問題，所以答應了賽伊先生。

好了，他們兩個人去談公事的期間，我要做什麼呢？

天氣這麼好，去海邊看看好了。還是要去廣場看看有沒有賣什麼東西呢？

還是去問問阿朵拉小姐，去看熊熊屋的設置地點？

見我沒有離開座位的意思，克里夫就向我搭話。

「優奈，妳在做什麼？要走了。」

「我也要去嗎？」

「這不是廢話嗎？」

他一臉傻眼地這麼說。用那種表情這麼說，我也很困擾耶。

「你們要談的是城鎮之間的事情吧。」

「是啊，沒錯。」

「那應該不需要我吧。」

我對城鎮的公務根本沒有幫助。

「妳在說什麼?妳是這件事的核心人物吧。妳怎麼可以不在場?」

奇怪,我什麼時候變成核心人物了?

「米蕾奴小姐?」

我望向米蕾奴小姐,尋求協助。

「我們之中,只有妳知道這座城鎮的情況,所以需要妳過來。雖然我不覺得對方會說謊,不過我們需要妳的知識,所以妳一定要來。」

「所謂的交涉,就是只說對自己有利的話,不利的事就避而不談。不過,如果妳在場,對方就很難那麼做了。」

是這樣嗎?

我覺得對方看起來不像是會做這種事情的人啊。算了,既然克里夫不了解居民們的性格,那也沒辦法。

既然知道他們需要我的理由,我只好跟著一起去了。

一到冒險者公會,我們就被帶到和上次一樣的房間裡。走進房間,阿朵拉小姐和三位老爺爺都坐在位子上。除此之外還有一名我見過的男人。是被以前我在雪山救過的達蒙先生說是「商業

公會裡比較好的職員」的傑雷莫先生。

阿朵拉小姐請走進房間的我們坐下。

「非常感謝各位前來密利拉鎮。」

阿朵拉小姐站起來表達感謝之意。

「沒想到克里莫尼亞的領主大人會親自光臨這座小鎮。」

「畢竟是這傢伙的請求嘛。」

克里夫這麼說，但我可不記得自己有拜託過他。我只是把信交給他，跟他說明狀況而已。

雖然我有說既然你很閒那就去吧。

「而且這傢伙做了蠢事，又做了超乎常識的東西。考量到今後的事，我可沒辦法交給部下代勞。」

「關於這一點，我也贊同克里夫的意見。」

沒禮貌。我只不過是打倒了克拉肯，又挖了一條隧道而已。

「那麼在開始會談之前，請各位先自我介紹。我是在冒險者公會擔任會長的阿朵拉，現在在鎮上負責輔佐的工作。」

「我想各位應該都知道了，我是克里莫尼亞城的領主，克里夫・佛許羅賽。不過各位不需要拘泥於用字遣詞，因為我現在已經不會在意這種事了。」

所以你為什麼偏偏要在這種時候看著我？

接下來換米蕾奴小姐站起來，開始自我介紹。

「我是在克里莫尼亞的商業公會擔任會長的米蕾奴。這座城鎮的商業公會引發醜聞，真的很抱歉。」

同樣地，三位老爺爺也做了自我介紹。

最後，商業公會的傑雷莫先生也跟大家打了招呼。

「我是……本人是在商業公會任職的傑雷莫。其實我不明白自己為何會被叫來這裡。」

「我們請你來，是要請你擔任商業公會的代表。」

「代表嗎？」

「沒錯。今後要請你遵照這位克里莫尼亞的商業公會會長——米蕾奴小姐的指示工作。」

一位老爺爺這麼說道。

「請問為什麼是我呢？」

「各位早就發現了嗎？」

「你曾經背著商業公會，把漁獲發放給缺乏糧食的家庭吧。」

「那是當然。只要從沒有錢買魚的家庭裡聞到烤魚的香味就知道了。」

「但那也不一定是我吧。」

「不要太小看我們的情報網。這點小事，我們都查得到。」

「那麼，各位是刻意放過我的嗎？」

「我們也不願意看到食材被有錢人獨佔。」

我總算知道達蒙先生為什麼說他是「商業公會裡比較好的職員」了。原來他偷偷做過那種事啊。

「所以，我們才會叫為鎮民著想的你來當商業公會的代表。」

「畢竟還需要一個值得信賴的人來統整商業公會才行。」

傑雷莫先生勉為其難地接受了。

「那麼，自我介紹就到此為止。而且時間寶貴，開始會談吧。」

克里夫就這麼結束自我介紹的時間，打算繼續說下去。

奇怪，我的自我介紹呢？

我該不會是沒人要的孩子吧？

因為是熊所以不需要嗎？

好吧，因為大家都認識我了，或許真的不需要自我介紹。但是整個房間的人都自我介紹了，只有我沒有就讓我有種被排擠的感覺。

感覺就像是全班從頭開始自我介紹，最後輪到我的時候卻被說了「每個人都做完自我介紹了吧」一樣。可是沒有人理會我的這般心情，會談持續進行下去。

「我讀過信了，這座城鎮是想要併入我的領地內吧？」

「是的。相對地，希望您可以將這座城鎮納入庇護範圍。請在鎮上發生事情時提供幫助。」

「克拉肯嗎？」

「是的。」

「話先說在前頭，克拉肯可不是那麼容易就能打倒的魔物。這次只是因為那隻熊太超乎常理了。」

克里夫指向我。

難道沒有人教過你，不能用手指著別人嗎？

「是，我們了解。我想克拉肯應該不會再出現了，不過如果再出現同樣的魔物，我們希望您可以承諾提供糧食等援助。」

「糧食啊。你們明明知道克里莫尼亞和這座城鎮的距離還這麼說？」

「這……」

「…………」

密利拉鎮的居民全都陷入沉默。因為他們想到從密利拉前往克里莫尼亞的距離。

就結論來說是很遠。運送食材既費力又費時——如果只能翻越山脈或是繞遠路的話。

「開玩笑的。」

克里夫笑了出來。米蕾奴小姐也一起笑了。

阿朵拉小姐和三位老爺爺、傑雷莫先生都對他們的笑容感到疑惑。

「克里夫大人？」

阿朵拉小姐等人不明白克里夫為何而笑，露出困擾的表情。

「關於糧食的事，我了解了。如果這座城鎮陷入糧食危機，我會提供援助。不過，如果我的城裡也同樣鬧糧荒時就無法保證了，你們可以接受嗎？」

「是，那當然。這座城鎮只有無法出海的時候會缺乏糧食。我想應該不會和克里莫尼亞城同時期鬧糧荒。」

「是啊，我也這麼認為。所以，克里莫尼亞有糧食危機的時候就要請你們援助了。」

「是。」

聽到克里夫答應援助，阿朵拉小姐等人露出安心的表情。

「可是，請問要怎麼運送糧食呢？」

是啦，一般來說這就是問題所在。

「這就不用擔心了。多虧了這隻熊。」

克里夫把手放在坐在隔壁的我頭上。

聽到這句話，除了米蕾奴小姐和我以外的所有人頭上都浮現一個「？」符號。

「這隻熊為了這座城鎮，挖了一條通往克里莫尼亞的隧道。」

「等一下……」

就在我插嘴以前他就開口了。

「您說隧道嗎？」

「克里夫大人……」

「…………」

阿朵拉小姐等人對克里夫所說的話露出難以置信的表情。

也對，就算說我挖了一條通往克里莫尼亞的隧道，也不會有人相信吧。

「優奈，是真的嗎？」

「……算是啦。」

其實我是為了讓安絲過來克里莫尼亞才挖的啦，而且我也需要流通海產的路線。

「是啊，我們就是通過那條隧道過來的。」

「那個，您不是在開玩笑吧？」

「雖然聽起來像是在說笑，不過是真的。騎快馬應該就可以在一天內抵達。雖然不知道馬車要花多少時間，但應該不需要太久。」

「所以，各位可以不用擔心糧食的事。」

「關於隧道，我會公開說明是原本就有的。請在場的人不要把是優奈挖的事說出去。」

「為什麼？」

「這個嘛，是為了不要引發騷動。要是被別人知道隧道是優奈挖的，說不定會有人要求她在其他地方挖掘。那樣一來就會給優奈添麻煩。你們應該也不願意看到這種事情發生吧。」

不管怎麼說，克里夫好像是在替我著想。

「是。」

「當然了。」

「所以，請你們不要外傳。」

「我們明白了。」

阿朵拉小姐等人點頭同意了克里夫的要求。

101 熊熊是沒人要的孩子？ 其二

眾人開始討論今後使用隧道的問題。

「所以，我們要盡早把隧道整修成能夠使用的狀態。」

「您說能夠使用……各位不是通過隧道過來的嗎？」

「那根本不是能用的隧道，只是一個可以走的洞而已。」

太過分了，那是我辛苦做出來的耶。可是他說的是事實，我完全無法反駁。

「隧道裡一片漆黑，所以必須設置光之魔石。而且有隧道的地方都被樹林擋住了，周圍不整理一下，馬車是無法通過的。」

現在這樣，馬車的確過不了。頂多只能讓馬通過。

「也好，就當作是因為這樣才會一直沒有人發現那條隧道吧。整地需要的勞力要請這座城鎮提供。因為兩側的出入口都需要整地。我當然會付工資，你們放心吧。管理的工作就由你負責。」

克里夫望向傑雷莫先生。

「您說我嗎？」

「當然是你了。這是商業公會的工作，你要負責斡旋。」

「我、我明白了。」

傑雷莫先生，加油。

「那麼，光之魔石呢？」

「魔石的部分我們會準備，放心吧。因為還需要風之魔石和土之魔石。」

阿朵拉小姐等人聽到這番話就鬆了一口氣。

也對啦，要是被要求支付魔石的費用就傷腦筋了。

「關於隧道的事情就談到這裡。之後只要看過一次隧道，談起來也會比較快。可以的話我希望今天就可以去確認。」

「那麼我先去派人準備馬車。」

阿朵拉小姐走到外面，叫賽伊先生準備馬車。

「讓各位久等了。」

阿朵拉小姐回來後，會議繼續進行。

「接著，請你們選出這座城鎮的代表人。我們今後會跟那個人談公事。當然了，選擇在場的人也可以。」

「也就是說，要選鎮長吧？」

「沒錯。沒有領導人，很多事情都無法決定。」

「我們明白了。我們會在這幾天內選出鎮長。」

「那我的話就說到這裡了。」

克里夫說完想說的話就交棒給米蕾奴小姐。

「那麼，接下來是關於商業公會的事。這次我們公會的內部人士給各位添麻煩了，我在此鄭重道歉。我事前拜讀過阿朵拉小姐的信了，這麼殘酷的事情根本不該發生。關於這件事，我們商業公會絕不姑息。我們會執行與克里莫尼亞城同等的處罰。」

「那個，請問具體來說是……」

傑雷莫先生小聲地問道。

「當然是死刑了。這座城鎮將會成為我一部分的領地，如果這裡沒有決定如何懲處，當然要給予和克里莫尼亞城相同的刑罰。那些人可是在我的城鎮裡殺人奪財，這種人在我的城裡會判死刑。最重要的是留他們活口也沒有用處，處死他們就可以拯救很多人的心靈。既然這樣，處死比較好。」

克里夫說的很多人應該是指親人遇害的那些家屬吧。

父親、母親、兒子、女兒、祖父、祖母、親戚、朋友，被盜賊殺死至親的人現在應該也很恨他們吧。

「以後就在這個鎮上的廣場處刑罪犯，想看的人可以過來。結束之後，就忘了這次的事件

吧。」

「那麼，盜賊呢？」

「一樣。就算是依照商業公會的指示行動，殺人、對女人施暴的人同樣處以死刑。剩下的人就讓他們在礦山工作。」

事件主謀和參與人的懲罰都由克里夫的一句話決定。

就算對方是壞人，如果要我殺死無力抵抗的人，我也沒辦法馬上答應。能夠果斷做出決定的克里夫果然有資格領導眾人，也很有能力。我覺得克里夫很厲害。

「如果被處刑者的家人有什麼意見，就報上我的名字！」

「我們明白了。那個，克里夫大人，非常謝謝您。」

「不需要道謝。我只是做了自己分內的工作。」

「那麼，接下來談談關於商業公會今後的事情吧。」

聽到米蕾奴小姐這句話，傑雷莫先生繃緊了神經。

「我有些問題想請教各位。請問這位傑雷莫先生是值得信賴的人嗎？他的工作表現如何？可以告訴我他的為人嗎？」

雖然聽到問題的老爺爺們一瞬間露出疑惑的表情，但也馬上回答。

「傑雷莫雖然不認真，卻是會好好工作的男人。」

「雖然有時候會看到他偷懶，卻很受居民歡迎。」

「他這次也曾經偷偷把魚發放給貧困的家庭。」

「是呀。他雖然會抱怨，還是會把工作做好。」

米蕾奴小姐聽完大家說明傑雷莫先生的人品之後……

「那麼，我要請傑雷莫先生擔任這座城鎮的公會會長。」

「我……我來當公會會長嗎？」

「是的，公會像這次一樣不穩定的時候，應該由深受當地人信賴的人來領導。只要這麼做，居民也會願意協助。像我這種外人來當公會會長，也不會有好臉色看。」

「可是，要我當公會會長……」

「沒問題的，我會派人來輔佐你。你可以慢慢學習怎麼當一個公會會長。」

「傑雷莫，我們也要拜託你。你的行為真的讓我們非常感動。」

「想要偷懶的話，把工作都推給部下就行了吧。」

「傑雷莫，拜託你了。」

老爺爺們低下頭。

工作不能偷懶吧。可是既然克里莫尼亞的商業公會會長也會偷懶，那或許沒關係吧。

我偷瞄了米蕾奴小姐一眼。

「優奈，有什麼事嗎？」

「什麼都沒有。」

感覺到我視線的米蕾奴小姐用懷疑的眼神看我。我把熊熊連衣帽往下拉，逃避米蕾奴小姐的視線。

「我明白了，請各位抬起頭來。大家不嫌棄的話，我願意接下這個職務。」

被老爺爺們說服的傑雷莫先生決定接受公會會長的職位。

米蕾奴小姐聽到之後露出微笑。傑雷莫先生因為米蕾奴小姐的笑容而臉紅，這應該不是我的錯覺。

「那麼關於商業公會的業務，請你暫時依照我下達的指示行動。對應職員和居民的工作就交給你了。」

之後，米蕾奴小姐說明了商業公會今後要做的事。傑雷莫先生很認真地聽她說話。

「大致上就是這些了，接下來就到商業公會再說吧。」

「怎麼樣，你們要先去商業公會嗎？」

「先去隧道好了。如果要讓職員相信我們，比起我們這些外人說，傑雷莫先生他們的話更有說服力。而且也得讓代表這座城鎮的五個人先看一下隧道才行。」

「的確如此。那麼，沒有時間了。我們快走吧。」

沒有人反對克里夫的提議，於是我們決定前往隧道。

「那麼，請各位到外面搭馬車。」

我們一走出冒險者公會就看到兩台附屋頂的馬車。賽伊先生站在馬車前。

「克里夫大人、米蕾奴小姐，很抱歉我們準備的馬車這麼小。」

跟我在王都見到葛蘭先生搭的貴族馬車比起來，的確比較小。不過，克里夫並沒有生氣的樣子。

「沒關係。不用在意。」

也對，在這個沒有貴族的城鎮，本來就沒有大型的馬車吧。

跟著賽伊先生的引導，大家都坐上了馬車。馬車裡的座位是面對面的三人座。

第一輛馬車坐著克里夫、米蕾奴小姐、阿朵拉小姐和我，第二輛馬車坐著三位老爺爺和傑雷莫先生。

阿朵拉小姐對車夫下指示，馬車便開始行駛。

「優奈，謝謝妳帶克里莫尼亞的領主大人過來。我們真的很感謝妳。」

坐在我旁邊的阿朵拉小姐對我道謝。

「因為我們約好了嘛。」

「不，而且妳還為我們挖了一條隧道吧。」

那是……我實在不敢說自己是為了請安絲到克里莫尼亞才挖的。

「優奈，妳那個表情是怎麼回事？」

克里夫眼尖地看穿了我的表情。我趕緊把熊熊連衣帽往下拉。

「喂！」

克里夫對我喊道。

「看來她挖隧道並不是為了這座城鎮呢。」

「是嗎？」

「才沒有那回事。」

「少騙人。」

「騙人。」

克里夫和米蕾奴小姐分別吐槽。

「快從實招來。」

「…………」

「優奈……」

連阿朵拉小姐都用懷疑的眼神看著我。

我只好無奈地乖乖說實話。我說自己是為了確保海鮮可以銷往克里莫尼亞，而且請安絲到克里莫尼亞才挖隧道的。

「…………」

「…………」

「…………」

「真不敢相信。」

「就為了找一個廚師過去……」

「不只是那樣啦。因為我希望海鮮也可以流通到克里莫尼亞嘛。而且阿朵拉小姐和克羅爺爺好像也很想跟克里莫尼亞交流，我是真的覺得有一條隧道比較好啦。」

雖然我拚命解釋，其他人卻用傻眼的眼神看著我。

「這件事最好不要告訴克羅爺爺他們。」

「是啊。」

「還是不要破壞他們的美夢比較好。」

三人持相同意見。

太奇怪了。我幫大家挖隧道的事明明就是事實，感謝度卻好像下降了。

102 熊熊看隧道

馬車搖搖晃晃地緩慢前進，來到目的地的隧道附近。

克里夫叫馬車停下來，所有人都下車。

克里夫和我不同，好像記得路該怎麼走。可是這可不代表我是個路痴。真的啦。

「從這裡開始要用走的過去。」

從馬車上下來的克里夫帶頭領著眾人往隧道走去。

就算知道隧道在哪裡的只有我們三個人，身為貴族的克里夫也不能帶頭走在森林裡吧。

注意到這一點的阿朵拉小姐打算走到前頭，卻被克里夫擋了下來。

「有優奈在，不要緊。」

雖然我很高興他願意信任我，但應該先說一聲吧。

「您很信任優奈呢。」

「除了打扮以外，沒有人比她更值得信賴了。」

說出這種讓人不知道是褒是貶的話會讓我很難反駁，可以不要這樣嗎？

不過，我也不能辜負他的期待，所以就用探測技能確認周圍。

嗯，應該很安全。

這裡沒有魔物或人的反應，我讓克里夫繼續走在前面。

然後，我們平安地抵達了隧道。阿朵拉小姐一看到隧道就倒抽了一口氣。她的眼神就像看到了什麼令人難以置信的東西。

「請問這條隧道真的連接著克里莫尼亞城嗎？」

阿朵拉小姐一邊探頭望進隧道，一邊問道。

「正確來說是連接著通往克里莫尼亞城的路。」

「可是，裡面很暗呢。」

「剛才也說過了，以後預計會裝上光之魔石。」

「另外還跟礦山一樣，需要讓空氣流通的風之魔石和加強隧道強度的土之魔石。」

米蕾奴小姐的這句話讓密利拉鎮的五名代表臉色都沉了下來。克里夫注意到了這一點。

「我剛才也說過了，魔石由我們來負責，放心吧。不會給你們的城鎮造成負擔。」

「這樣好嗎？雖然說就算要我們出資，現在鎮上也沒有那麼多錢。」

「我的城鎮不會全額負擔。花的錢會以隧道的通行費回收，沒問題的。」

「您說通行費嗎？」

「只要有這條隧道，兩座城市就能開始貿易。」

克里夫瞄了我一眼。

「就算不是某人，只要有隧道就能到克里莫尼亞販售漁獲，應該也會有克里莫尼亞的人過來採買。而且，也有人會來鎮上看海。通行量增加的話，收入也會增加。」

「來看海嗎？」

對密利拉的居民來說，好像不太能理解特地跑來看海的感覺。

也對，對當地居民來說，觀光名勝也只是日常景色，應該無法理解為什麼有人會從遠方跑來看吧。

「在這個城鎮出生長年生長的人可能不懂，但是對沒有見過海的人來說，光是能看到海就很值得了。」

「是這樣嗎？」

老爺爺們不太能明白地歪著頭。

「你們不會想要到克里莫尼亞城看看嗎？」

「這……的確會。」

「我想去。」

「就像那種感覺。所以，你們最好做好心理準備，迎接很多外來客。不過，安靜的小鎮可能也會同時變得吵鬧，或許會有滋事分子過來。你們要知道，獲得各式各樣的好處，相對的可能也會讓你們失去一些東西。不過，我不會讓你們後悔選擇我。所以，你們就為了這座城鎮努力吧。」

「克里夫大人……」

「只要這條隧道完工了，就會有人來。在那之前，你們就要增加守衛、僱用冒險者，好好強化治安。當然了，我這邊也會提供人力和金錢。你們就把這筆錢當作是通行費吧。」

「真的會有那麼多人來嗎？」

「會！而且要是沒有人來往，我就傷腦筋了。」

雖然老爺爺們一臉不敢相信，但我也贊同克里夫的想法。

雖然我一開始什麼都沒想，只是為了自己才挖隧道，但經過克里夫的說明，我現在才發現這麼做可能會給城鎮添麻煩。

隧道完工，方便性一旦傳開，就會有人來使用。密利拉鎮只要有了隧道就會變成距離克里莫尼亞最近的城鎮，兩地之間的來往人潮會增加。這樣一來，肯定會產生糾紛。

不愧是管理城市的領主。他和我不同，眼光看得更遠。不，或許應該說是想得更多。

「總而言之，我先說我和米蕾奴想到的方案吧。至於做不做得到，等以後討論再決定。」

「是。」

阿朵拉小姐和老爺爺們點點頭。

沒問題吧？

我看著老爺爺們就覺得不太放心。

「首先把城鎮的範圍擴展到隧道這裡。」

「要把城鎮擴大嗎？」

「因為城鎮的入口距離這裡沒有多遠。然後要砍伐樹木，在這附近建立駐紮地。這樣一來就可以同時戒備從隧道和從沿海道路過來的人。因為把很近的地方分成兩處看守很浪費人力和金錢。」

「的確，隧道前面也需要看守。」

「要是有魔物或盜賊賴在這裡就糟糕了。」

「而且也需要旅館和停放馬車的場地，這樣就一石二鳥了。」

「需要旅館嗎？」

「我剛才也說了，有很多人會來。到時候就會需要旅館和停放馬車的地方。除此之外，來這座城鎮作生意或定居的人也會增加。那樣一來，土地是愈多愈好。說不定現在這樣還不夠呢。」

「真的會有那麼多人來嗎？」

老爺爺，你那句話都說幾次了？

他們好像無法相信克里夫所說的話。

「會！這裡肯定會不再是一座寧靜的小鎮了。要恨的話，就去恨挖了這條隧道的那隻熊吧。」

克里夫裝出事不關己的樣子，把話題丟給我。

不是我的錯喔。

「可是考量到城鎮的未來，我認為這不是一件壞事。」

克里夫的腦海裡好像已經描繪出克里莫尼亞和密利拉鎮的未來願景了。那份願景應該是往好的方向發展。我也希望如此。

「人是會進步的。進步的過程中有好有壞。可是，一旦停下腳步就到此為止了。既然如此就繼續前進，選擇好的道路吧。」

聽到克里夫這番話，老爺爺們點點頭。

「您說的是。人必須不斷前進才行，不應該像我們這種老人一樣守舊。」

「不管怎麼做都各有利弊。既然有權選擇，只要挑選最好的方向前進就好。」

不愧是領主，說得真好。

「接下來要談談隧道的通行模式，雖然寬度足以供兩輛馬車通過，不過基本上採單向交互通行制。我打算用奇數日和偶數日區分。因為要是有比較大台的馬車通過，隧道就會阻塞。這部分的管理也要由你們來做。」

「是。」

「另外，你們也要管理進入隧道的時間。我們是騎熊過來的，所以不知道要花多少時間，你們要測出時間，在晚上暫停隧道通行。」

「要是馬車在隧道裡因為意外而停止的時候，要怎麼辦呢？」

「只要封鎖出入口，再進到隧道裡做最後確認就行了吧。騎馬進去就不用花多少時間了。如果發現有車輪脫落之類的意外，再回報問題就好。駐紮地就是為此而存在的。」

「的確，只要那麼做就沒問題了呢。」

「只不過，這些都是以後的事了。不先裝魔石的話，隧道也不能通行。你們可以先把我說的話當作暫定的計畫。開始動工之後就會遇到問題了。所以，我說的話不是絕對。如果有什麼很勉強或是不方便、矛盾的地方，你們可以告訴我。我不是什麼都知道，也會犯錯。」

他說自己不是什麼都知道，也會犯錯，聽起來就好像是在對自己說話。他該不會是想到孤兒院的事情了吧？

當時克里夫甚至到我家登門道歉。

可是，我覺得願意承認錯誤的貴族很了不起。我看過的小說和漫畫裡登場的許多貴族都很霸道，還會瞧不起老百姓。雖然說或許只是因為小說和漫畫是虛構的，所以才故意這麼安排來讓故事更有張力。

不過對我來說，像克里夫這樣的貴族比較討人喜歡。

「妳好像有什麼話想說。」

克里夫注意到我正在看他，有點不高興地對我問道。

「我只是覺得你很像領主。」

「我就是領主！」

克里夫輕打一下我的頭。

我又沒有把他當笨蛋。明明就是在誇獎他，真是太奇怪了。

後來，克里夫一一說明自己的想法。有時候其他人也會提出意見，彼此相互討論。

其他人在談話的時候，我默默地確認著周遭的安全。畢竟還有老爺爺們在，要是突然被魔物攻擊就糟糕了。

「其他細節就等回去再說，基本上就是這樣了。」

克里夫的話終於說完了。

然後，克羅爺爺等人走向我這裡來。

「小姑娘，謝謝妳為我們做了這麼多。不只是打倒盜賊和克拉肯，還把克里夫大人帶過來。」

「也謝謝妳為了讓我們跟克里莫尼亞交流，挖了這一條隧道。我們對妳真的感激不盡。」

「真的很謝謝妳。」

其他的老爺爺也向我道謝。

可是被當面道謝，我還是覺得很不好意思。

「那個，這只是我隨便亂挖的隧道，不用這麼在意啦。」

「這樣還叫隨便亂挖，要是被挖隧道的專家聽到一定會生氣喔。」

聽到我們談話的克里夫這麼吐槽。

我只是不想讓老爺爺太感謝我，才會說是隨便挖的。我好歹也做得很仔細。我有注意尺寸好讓馬車通過，也有注意海拔高度，做成和緩的坡道。如果有考量到大型馬車的話就完美了。

可是，從途中就開始變成單調的作業，所以我一邊哼歌一邊進行作業也是事實。

「我們還有一件事想拜託小姑娘。妳可以在隧道的入口做一尊熊的石像嗎？」

「熊的石像？」

怎麼突然要我做熊的石像？真是莫名其妙。

「跟擺在打倒克拉肯的地方一樣的熊石像就可以了。這是為了不要忘記對打通這條隧道的人懷抱感恩的心。我們總有一天要離開人世。以後鎮民也不可以忘記這次的事件。所以，可以拜託妳做一尊熊的石像嗎？」

咦，意思是要我自己做自己(熊熊)的石像，讓我的事蹟永遠流傳下去嗎？

這什麼羞恥的玩法？

「是啊，這真是個好主意。」

克里夫滿臉笑意，點頭贊成老爺爺的話。他絕對是在看我笑話。

「那麼，麻煩妳在另一側的入口也做一尊優奈，啊、不對，是做一尊熊。」

我怎麼覺得這兩句聽起來都一樣，是錯覺嗎？

「開玩笑的吧？」

老爺爺們的表情很認真。看來他們是來真的。

「對了，隧道也需要有個名字吧。我就現在就命名吧。」

克里夫笑著這麼說。

我只有不好的預感。

「就叫熊之隧道吧。」

「……………」

這就是所謂的啞口無言吧。我搞不好是第一次體驗這種感覺。

「真是個好名字。」

「真不錯。」

「通過這裡的人都會感謝小姑娘的。」

「會一代一代地傳承下去。」

「這樣一來，鎮上的人也永遠不會忘記了。」

老爺爺們對克里夫的命名表示贊同。

「不要這樣啦————！」

我大叫。

「放棄吧，這種東西通常都是用發現者的名字來命名的。總比叫做優奈隧道好吧。」

雖然我提出了別的名字，卻不被接受。

而且，我還得自己在隧道入口做一尊代表自己的熊熊石像。

這什麼羞恥的玩法？

我已經丟臉到嫁不出去了。雖然我也沒打算嫁人就是了。

不過，我總算讓他們答應千萬不要把隧道是我挖的事情說出去了。

103 熊熊前往商業公會

我忍受著恥辱，站在隧道前面。

看到克里夫竊笑的臉，讓我忍不住想整他一下。我的腦中浮現一個點子。

我灌注魔力，做出一尊熊的石像。我做出的是擺出攻擊人的動作，感覺像在大吼的擬真熊雕像。當我沉浸在滿足感中時，頭就被打了一下。

「好痛。」

其實不會痛。

「妳做了什麼啊。」

「是你們要我做熊的啊。」

「為什麼要做這麼凶狠又可怕的熊？」

「為了整你？」

我又被巴頭了。雖然不會痛，可是請你不要一直亂打別人的頭。

「不然到底要做哪種熊？我可不要做我的石像喔。」

我揉著頭問道。

「就跟妳店裡那種熊一樣就好了。那樣看起來可愛，大家都能接受吧。」

看來克里夫也覺得黏土人風的二頭身熊熊很可愛。

在克里莫尼亞，黏土人風的熊熊也很受好評。我有時候會看到來到店裡的小孩子開心地抱著熊熊。

「那樣的話，也可以跟店裡的熊一樣拿些什麼東西呢。」

連米蕾奴小姐都加入了對話。順帶一提，因為是麵包店，所以站在店門口的熊熊拿的是麵包。

「既然這樣，拿劍應該不錯吧。就像是隧道的守護者。」

「好像不錯呢。」

兩人不管我這個製作者，擅自討論下去。老爺爺們和阿朵拉小姐不知道我有開店，所以在一旁默默地聽著。

「可是，那樣不是也需要盾牌嗎？」

「不會很擋路嗎？」

克里夫和米蕾奴小姐討論了一陣子。

最後決定要讓店裡那種可愛的熊拿著一把劍。順帶一提，因為我做了一面很大的盾牌擋住熊，所以又被打了一下頭。

太奇怪了，這明明是個好主意。既然是守護神，也會需要很大的盾牌吧。

結果，隧道的入口就擺了一尊拿著劍的黏土人風熊石像。因為盾牌會擋住熊的身體，所以被駁回了。

「真是一隻可愛的熊呢。」

「……是啊。」

阿朵拉小姐和老爺爺們看著熊熊石像，露出難以形容的表情。

「怎麼了，你們不喜歡嗎？」

「不，沒有那回事，只是比我們想像中可愛。不過，我們覺得比剛才那尊可怕的熊好。」

阿朵拉小姐聽到克里夫的話後搖搖頭，老爺爺們也表示同意。因為沒有什麼反對意見，所以拿著劍的黏土人風熊熊就確定要站在密利拉這一側的隧道入口旁了。

一想到以後通過隧道時都要經過這隻熊的前面，我就覺得心情沉重。

為什麼事情會變成這樣呢？

視察完隧道，也做完熊石像的我們回到鎮上。

「克里夫，接下來要做什麼？我想要去一趟商業公會。」

米蕾奴小姐問克里夫。

「也對。有很多事情要請商業公會幫忙。既然這樣，我最好也去拜訪一次。」

「那就太好了。要說明的時候，克里莫尼亞的領主有沒有在場，影響力還是不一樣。」

「那我……」

我已經沒有事情要做了，就讓我自由行動吧。

「妳當然也要一起去。」

……結果我的想法被駁回了。克里夫一臉理所當然地叫我一起去。

「因為跟我比起來，妳的存在更有影響力。」

太誇張了吧，怎麼可能有熊的影響力比領主更大？

「是呀。到目前為止的情況看來，優奈的影響力確實很大。」

連米蕾奴小姐都這麼說。有領主在就夠了啦。

「有優奈在的話，我想商業公會也會馬上接受我們的說法。」

就連阿朵拉小姐都同意克里夫說的話。

我好想大喊我並沒有那麼大的影響力。

「那麼我請馬車開到商業公會。」

阿朵拉小姐請車夫駕車到商業公會。

結果我也要一起前往商業公會。馬車上載著跟出發時相同的成員。

「阿朵拉小姐，請問土地的事情準備得怎麼樣了？」

我決定忘掉在這裡發生的事，改變話題。我曾拜託阿朵拉小姐幫我找個可以蓋熊熊屋的土地。難得要在海邊的城鎮蓋房子，我想要找個視野良好的地方。

「我有找到幾個候選地點，打算讓妳選個喜歡的地方。」

「關於這件事，我想要在剛才克里夫說的隧道和城鎮之間蓋房子，可以嗎？」

只要蓋在稍微深處的地方，或許就不會太顯眼。

「可以是可以，但妳會自己蓋房子嗎？如果是優奈……或許做得到吧？」

看過熊熊石像的阿朵拉小姐露出半理解的表情。

「認真看待這種超乎常理的人可是很累的。她在我的城裡也只花一天就蓋好了熊造型的房子，引發了一陣騷動。」

的確有這回事呢。感覺好像是很久以前的事了，但其實也才過了幾個月。

「熊造型的房子？」

「這傢伙蓋的房子全都是熊的造型。順帶一提，在王都的房子也是熊。」

「為什麼克里夫連我在王都有房子都知道？」

「當然是因為我看過了啊。艾蕾羅拉笑得可開心了。」

對喔，克里夫當時也有去王都，所以才會知道。而且，他也知道我有旅行用的熊熊屋。既然這樣，我也只能認了。

「克里夫。」

「幹什麼？」

「關於蓋房子的地點，什麼地方都可以嗎？你如果有什麼構想就告訴我吧。」

「我沒什麼想法，剛才說的只是一個例子。目前還沒有決定要在哪裡蓋什麼東西。只要不擋住道路，妳想要把房子蓋在哪裡都可以。」

我望向阿朵拉小姐，做最後確認。

「嗯，沒問題。我會跟克羅爺爺他們說一聲。」

既然已經得到克里夫和阿朵拉小姐的許可，我就可以在喜歡的地點蓋熊熊屋了。

我馬上往馬車的窗外看去，思考要在哪裡蓋熊熊屋。那附近怎麼樣？還是要蓋在這邊呢？

我在腦中記下幾個候選地點，試著想像。那邊雖然離隧道很近，卻離鎮上比較遠。那邊雖然離鎮上很近，卻離隧道很遠。

既然這樣，那附近怎麼樣？離沙灘也很近。我正在思考建造熊熊屋的地點時，馬車就抵達商業公會前了。

已經到了啊。

我從馬車上下來，傑雷莫先生和老爺爺們也走下馬車。

由阿朵拉小姐帶頭，克里夫、米蕾奴小姐、我、老爺爺們和傑雷莫先生依序走進商業公會。

「阿朵拉小姐？各位怎麼會來呢？」

看到阿朵拉小姐和老爺爺們出現，職員都非常驚訝。

「所有人都在嗎？」

「那個，有幾個人外出了。」

看了一下周圍之後，一名職員如此回答阿朵拉小姐的問題。

「這樣呀，那只有在場的這些人也好，可以請你們聽我們說件事嗎？等不在的人回來了，你們再轉告他們。」

阿朵拉小姐對職員們這麼說道，請他們停下手邊的工作來聆聽。

「我想各位都知道，前任的公會會長做了那種事情，我們急需一位新的公會會長。而我們決定由傑雷莫擔任新會長。」

「傑雷莫先生嗎？」

職員都望向傑雷莫先生。傑雷莫先生則露出尷尬的表情。

「我們很抱歉這樣擅自做決定，不過這就是我們的決定。」

「不，既然是阿朵拉小姐和克羅爺爺你們決定的事，我們不會反對。」

一名職員這麼說，其他人也都點點頭。

「可是，我們自己決定公會會長沒關係嗎？是不是要跟商業公會本部做確認呢？」

「這件事我會報告，不用擔心。」

米蕾奴小姐往前踏出一步，如此答道。

「那個，請問妳是？」

「我是在克里莫尼亞的商業公會擔任會長的米蕾奴。聽過阿朵拉小姐和老爺爺們的說法後，

我決定讓他來擔任這座城鎮的公會會長。可是，這終究是暫時的決定，如果他不適任，我也會辭退他。」

米蕾奴小姐這位克里莫尼亞公會會長的出現讓職員們感到很驚訝。

突然有大人物出現，會驚訝也很正常。

「另外，這座城鎮已經納入克里莫尼亞的領主——佛許羅賽家的管理之下了，你們要有心理準備。」

一知道阿朵拉小姐身旁的克里夫就是克里莫尼亞的領主，職員的表情就更驚訝了。

「可是，我們這裡離克里莫尼亞那麼遠。」

「這個問題已經不用擔心了。」

米蕾奴小姐開始說明我發現了通往克里莫尼亞的隧道，而兩座城鎮要整修隧道，讓小鎮可以和克里莫尼亞來往的計畫。

職員們的表情看起來很混亂。

傑雷莫先生突然當上新的公會會長，克里莫尼亞的商業公會會長和領主克里夫突然現身，還發現了一條通往克里莫尼亞的隧道。接下來，米蕾奴小姐說明了城鎮今後的發展方向，提到商業公會的職責。

職員們光是要掌握現狀就分身乏術了。

我坐在角落聽著其他人的談話。

這裡真的需要我嗎？

結果我雖然來到商業公會，卻只有米蕾奴小姐和克里夫說「我們是受優奈所託而來」、「是這隻熊拜託我的」，我自己一句話也沒有說。

傑雷莫先生嘆著氣走到我這裡來。

「話說回來，克里夫大人和米蕾奴小姐真是厲害。」

克里夫和米蕾奴小姐針對今後的事，正在下達精確的指示。

「你不一起聽沒關係嗎？」

「我已經聽過自己要做的事了。小姑娘才是，坐在角落這裡沒關係嗎？」

「我才沒有事可以做呢。」

「不過，小姑娘很受克里夫大人和米蕾奴小姐信任呢。」

是嗎？

「這個嘛，因為我跟他們之間發生過很多事啊。」

我跟克里夫的交情是從孤兒院的事情開始，我曾經拒絕賣蛋給他。解開誤會之後，我接下護衛諾雅的工作，去了王都。而且我還曾經為了保護克里夫，打倒了一萬隻魔物。

米蕾奴小姐則是在咕咕鳥蛋的事情，還有請莫琳小姐開店的事情上幫了我很多忙。

而且他們兩個人都知道我打倒過虎狼和黑蝰蛇的事情。

我有時候受他們照顧，有時候幫助他們。雖然時間不長，卻發生了很多事。

如果當個家裡蹲，絕對得不到這種緣分。

克里夫和米蕾奴小姐的說明終於結束，我們決定回到旅館。

我低聲說：「我在場真的有意義嗎？」，結果兩個人都說：「有必要。」

在雙方都不清楚對方的個性和為人的情況下，我的存在好像對雙方來說都有必要。

克里夫說「因為有妳在場，對方才願意信任我們」，老爺爺們也說「因為小姑娘看起來好像很信任克里夫大人，所以我們也願意信任克里夫大人」。

商業公會的職員也說如果是救了城鎮的人的熟人，他們也願意信任。

我的責任會不會太重大了？

如果有其中一方背叛，該不會是要我來負責吧？

好奇怪。事情不該是這樣的。

沒有人了解我的心情。

104 熊熊在海邊小鎮蓋熊熊屋

在商業公會談完事情以後，聽完說明的職員大多都欣然接受了這些安排。突然成了克里莫尼亞的其中一部分領地，我還以為多少會有怨言，但他們卻沒有。又或許只是因為事出突然，腦袋還跟不上而已。

今天的工作也結束了，我回到旅館。

雖然什麼事都沒有做，這一天卻讓我很累。

「優奈小姐，妳看起來很累呢。」

安絲把料理端過來。

克里夫和米蕾奴小姐要先去冒險者公會辦事再回來，所以現在只有我一個人。

「因為發生了討厭的事嘛。」

我被迫在隧道前做了熊的石像。

「話說回來，妳還記得我們的約定嗎？」

「約定？」

「我是說妳來克里莫尼亞，在我的店裡當廚師的約定。」

我可是為了這件事挖了隧道，還忍受恥辱做了熊的石像喔。

「妳是認真的嗎？」

「是啊。店裡可以弄成妳喜歡的樣子，所以我希望妳可以過來。當然了，我也會付妳薪水喔。」

「可是，我還需要可以住的地方。」

「那只要有地方可以住就好了對吧？」

「可是，就算我過去，沒有魚就不能做料理了。」

「那只要在克里莫尼亞買到魚就好了對吧？」

「可是，我也會想爸爸媽媽。」

「那只要可以馬上回到家裡就好了吧？」

我注視著安絲。

「妳真的是認真的嗎？」

「寫做認真，唸做真的。」

「我聽不懂妳在說什麼。」

也是啦～

「妳們在說什麼？」

我們兩個人在說話的時候，迪加先生來了。

「我在跟安絲求婚。」

「妳說什麼！」

「優奈小姐，請不要開玩笑。」

「怎麼，是開玩笑喔。」

「求婚是開玩笑的，可是我們在說能不能請安絲過來克里莫尼亞。」

「去克里莫尼亞？」

「因為安絲說將來想要開一間自己的店嘛。我願意出資，所以正在拜託她來開店。」

「真的嗎？」

迪加先生看著安絲，確認她的意思。

「優奈小姐是在開玩笑啦。」

「我是認真的喔。」

「可是，就算帶安絲過去，弄不到海鮮也沒有意義吧。」

「我知道，安絲我說過同樣的話。所以我們說好了，如果新鮮的漁獲可以運到克里莫尼亞，又可以隨時回到鎮上的話，安絲就要來克里莫尼亞。」

「安絲，這是真的嗎？」

「是、是真的，可是那又不可能。」

「如果真的辦得到，迪加先生，你願意允許安絲來克里莫尼亞嗎？」

「如果安絲說想要去小姑娘那裡，到時候我會允許的。」

「說好了喔。」

「你們兩個不要擅自決定啦！」

安絲叫道，可是我已經取得迪加先生的諾言了。接下來就等克里夫讓隧道完工，我就可以迎接安絲過來了。

隔天，我被熊緩和熊急叫醒。因為我昨晚抱著熊急睡覺，所以牠的心情很好。我把熊緩和熊急召回，一個人去吃早餐。

克里夫和米蕾奴小姐好像已經出門了。

他們說我今天可以自由行動，所以我打算去蓋房子。

只要事情繼續發展下去，隧道和城鎮之間的土地就會開始開發。到時候蓋房子的好地點說不定會消失。我好不容易才取得在喜歡的地方蓋房子的許可，一定要佔到最好的位子。

這麼決定的我打算前往昨天看上的地點。

「我記得是這附近吧。」

我騎在熊緩身上確認周圍。

眼前可以看見美麗的大海和沙灘。因為這裡稍微有一點坡度，房子蓋在上面的話視野應該不錯。在陽台或屋頂上插起陽傘，悠閒地睡個午覺或許也不壞。到了晚上應該也能清楚地看見星空，是最棒的看海地點。

只不過，蓋在這裡有點顯眼。

可是，除了這裡之外就沒有更好的地方了。反正這次也不需要避人耳目，就選這裡吧。

我預計要蓋得比克里莫尼亞的熊熊屋還要大一點。

這是為了帶孤兒院的孩子們和院長跟莉滋小姐、莫琳小姐和卡琳小姐一起來海邊玩。也就是所謂的員工旅行。

雖然去住迪加先生的旅館也可以，不過根據克里夫和米蕾奴小姐的說法，應該會有很多人到旅館投宿。雖然也可以事先預約，但一群小孩子可能會給人家添麻煩。

所以，我打算蓋一棟可以讓孤兒院的孩子們住的熊熊屋。

對了，孤兒院有幾個小孩子呢？

我記得女生比較多。

之前重建孤兒院的時候，院長說是男生12個人，女生15個人，總共27個人。我第一次去孤兒院的時候是23個人。這表示後來又多了4個人。

雖然這麼說有點晚，可是我覺得院長和莉滋小姐兩人要照顧包含幼兒在內的27個孩子非常辛苦，而且我還拜託莉滋小姐負責管理咕咕鳥。再考慮到院長的個性，很有可能再收留其他的孤

兒。

嗯～下次或許該跟院長商量一下增加人手的問題。要是她們兩人都累倒就糟糕了。

好了，孤兒院的事情就等我回去再想吧。

現在先專心蓋好可以讓孩子們住的熊熊屋。

要蓋熊熊屋之前必須先整地。我這次要蓋比較大的熊熊屋，所以不知道會用到多少魔力。所以，一開始有一件事要做。那就是用土魔法做出臨時更衣間，換上白熊服裝。挖隧道的時候我就已經確認過，如果只有需要使用魔法，穿著白熊服裝比較能夠減輕疲勞感。

馬上換好白熊服裝的我開始砍伐眼前的樹木，進行整地作業。

我用風魔法砍倒樹木，再用土魔法把樹根拔除。木材則把樹枝切掉，再裝到熊熊箱裡。

我整理出一大塊地。這些空間就足夠建造熊熊屋了。

「好像有點太大了？」

如果只蓋熊熊屋的話有點大，但若是再蓋一個倉庫就剛剛好了。

接著，我在整地完畢的地方堆起一些土，做成高台。我想要把熊熊屋建在山丘上。

我用土魔法打地基，再用風魔法加工剛才整地時拿到的木材。我請熊緩和熊急搬運加工過的木材，立起柱子。

我使用土魔法進行固定。因為我實在沒有木工的技術。

我蓋房子的方法基本上都是靠想像力。首先我會想像出熊的外觀。把外觀做成熊的樣子是為了增加強度，就算被魔物或盜賊襲擊也不用擔心。

克里莫尼亞和旅行用的熊熊屋是坐著的，但這次我要蓋成四層樓的建築，所以要做成站著的熊。而且，為了把男女的房間分開，我要蓋兩棟熊熊屋。

我想像中的房子是兩隻站著的大熊緊密排在一起的樣子。

右邊的熊是女用，左邊的熊是男用。

一樓的空間是兩邊相通的熊熊房間，有餐廳和廚房。

然後，我要在中央做樓梯，通往二樓。兩棟房子的二樓各有一間大房間。右邊是女生的房間，左邊是男生的房間。

我把房間做成若是用棉被鋪成大通鋪，就算再多幾個孩子也不用擔心的大小。畢竟院長一發現孤兒就一定會收留他們。

接下來是三樓。三樓有我的房間和客人用的房間。雖然說是客人用的房間，但應該會是給院長和莉滋小姐，或堤露米娜小姐使用。另外就是小孩子增加時準備的備用房間。

我沒有忘記在自己的房間隔壁做一間小房間。因為要在這個房間裡設置熊熊傳送門。

我完成大部分的房間劃分之後，走上四樓做浴室。當然，浴室會以左右分成男用和女用。

因為有窗戶，所以可以一邊泡澡一邊欣賞外頭的景色。

房間完成到一定程度以後，肚子小小叫了一下。我當然不會問是誰的肚子在叫，因為這裡只有我一個人。時間剛好可以吃午餐了。

雖然也可以回迪加先生那裡吃，但是太麻煩了，所以我決定吃放在熊熊箱裡的莫琳小姐做的麵包。

嗯，就像剛烤好的一樣，鬆軟又好吃。

我在三樓一邊看風景一邊吃麵包的時候，看到有人走過來。

那是米蕾奴小姐嗎？

我從三樓往下跳，直接抄捷徑。

「優、優奈？不要嚇我啦。」

看到我從上面出現，米蕾奴小姐嚇了一跳。

「米蕾奴小姐，有什麼事嗎？」

「我剛才帶公會職員去看隧道。後來在路上看到像熊的房子，就過來看看了。」

米蕾奴小姐仰望熊熊屋。

「好大的房子。」

「因為我下次打算帶孤兒院的孩子們過來玩，所以蓋得比較大一點。」

「可以讓我看看嗎？」

「現在只完成了外觀和房間格局而已喔。」

「一般的房子才不會蓋得這麼快呢。」

我帶米蕾奴小姐到熊熊屋裡參觀。

「妳的家具要怎麼辦？」

「等回到克里莫尼亞再買。畢竟還得買棉被。」

「呵呵，那就讓商業公會幫妳準備吧。」

「我會自己去買的，沒關係。而且米蕾奴小姐很忙吧？」

米蕾奴小姐接下來會變得很忙。她根本沒有空幫我準備熊熊屋的家具。

「嗚嗚，人家只是想要逃避現實嘛。等到回去克里莫尼亞，就要開始忙一大堆事情了。」

「請加油。」

「說得好像不干妳的事。」

就是不干我的事嘛，我已經很努力了。我打倒了克拉肯和盜賊，還挖了隧道，做了熊熊石像。這些事如果是普通人來做，可是很辛苦的。

我這麼說完之後……

「我知道。這是我和克里夫的工作。可是，也得請拉洛克來幫忙才行呢。」

「拉洛克？」

我好像在哪裡聽過這個名字。

「哎呀，妳不知道嗎？拉洛克就是克里莫尼亞的冒險者公會會長的名字。」

對了，這麼一說我才想起來，我好像聽王都的冒險者公會會長——莎妮亞小姐說過。因為只聽過一次，而且我也不會用名字來稱呼會長，所以就忘了。

「首先要請人來討伐這附近的魔物才行，之後還要請工匠來伐木、開路、在隧道前建立駐紮地。唉，要做的事實在太多了。」

好像真的很辛苦。

「不過，看到優奈超級可愛的樣子，我就打起精神了。」

米蕾奴小姐從三樓眺望景色，心情似乎變好了，於是在跟我道謝後就回鎮上了。

不知道為什麼，感覺米蕾奴小姐今天看我的眼神跟平常不太一樣，是我的錯覺嗎？

我目送米蕾奴小姐離開後，開始繼續蓋熊熊屋。

我要在天色暗下來之前裝好魔石。

我用魔力線把光之魔石裝在天花板。因為裝設魔石是人工作業，所以很花時間。不過，只要用魔力線連接光之魔石，就可以照亮房間。做起來很簡單，誰都辦得到。

裝好每個房間的光之魔石以後，我在房間裡一一放好需要的東西。

一樓是餐廳和廚房。我在筆記裡寫下要買桌椅的事。我走到廚房，做好石窯。大家一起在這裡做麵包也不錯。

接著，我從熊熊箱裡拿出買來備用的櫃子，把碗盤杯子等生活必需品擺進去。我當然也沒有忘記叉子和湯匙。這些都是我以前大量購入的東西。為了能隨時蓋熊熊屋，我把東西都買好了。還有不夠的東西等之後回到克里莫尼亞再買。

我接著走上二樓。二樓只有兩間大房間，需要的東西只有棉被和枕頭而已。我沒有足夠的棉被給所有孤兒院的孩子使用，所以要回克里莫尼亞採購才行。

我走上三樓。

三樓有我的房間和幾間客人用的房間。

我用魔法做出床舖。因為變成小熊的熊緩牠們也要睡，所以我把床做得比較大，然後從熊熊箱裡拿出備用的棉被。為了可以隨時隨地建造熊熊屋，我有準備好自己要用的棉被。因為熊緩和熊急也會跟我一起睡，所以尺寸偏大。如果不這麼做，熊緩牠們有時候會睡在我身上。

我在客人要用的房間裡放好買來備用的桌椅。

三樓弄好之後，我走上四樓。四樓有浴室。

我先分別做好要放在男用和女用浴室更衣處的櫃子。

浴室的工程頂多只要裝設用來調節水溫的水之魔石和火之魔石而已。

然後再放洗澡用的椅子、桶子跟放衣服用的籃子就好了吧？

完成之後，浴室看起來就像一座小型的澡堂。

要不要再做一面日式門簾呢？

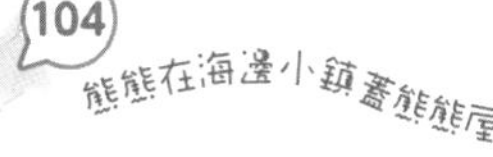

熊熊屋內部已經完成得差不多了，我接著開始做庭院。

雖然不知道有沒有需要，我還是在熊熊屋隔壁蓋了肢解魔物用的倉庫兼馬廄。

我決定好庭院大概的大小，用大約兩公尺高的圍牆圍起周邊。圍牆內就是我的土地。雖然有點大，但應該沒關係吧。

最後，我在門上放了類似沖繩風獅爺的小熊石像。

不管怎麼說，我是還很喜歡熊熊。

我也喜歡熊緩和熊急，所以不會否認這一點。

可是，穿著熊熊布偶裝還是很令人害羞。

這樣一來，最小限度的大型熊熊屋就完成了。外觀是兩頭大熊並列的樣子。因為有四層樓高，所以相當巨大。

這是總計第五棟的熊熊屋。

第一棟在克里莫尼亞；第二棟在咕咕鳥村子附近的洞窟中，雖然沒有在使用；第三棟是旅行用；第四棟在王都，而這次蓋的是第五棟。

熊熊屋不只比普通房屋還要堅固，也因為是用我的魔力建造而成，所以具有防止入侵的作用。除了我所許可的人物，沒有人可以進入熊熊屋。

所以就算我不在家，熊熊屋也不會遭小偷。就算有人闖空門，裡面也沒有東西可偷就是了。

但如果有小偷跑到家裡，感覺還是很不好。

我從熊熊屋三樓的窗戶往外看，太陽已經快要沉入大海了。原來時間已經這麼晚了。我也發現自己的肚子很餓。

我把門窗關好，為了吃迪加先生的料理，加快腳步回到旅館。

105 熊熊在回家前做了很多事

我一回到鎮上，站在門口的守衛就一臉不可思議地看著我。我還是出示公會卡，走了進去。

因為不是平常的那個人，所以他應該是第一次看到我吧。

我走在通往旅館的路上，居民們都用好奇的眼神看著我。沒有任何人來跟我說話。

鎮上有點不太對勁。如果是平常，大家應該會跟我打招呼才對。發生什麼事了嗎？

我稍微加快腳步，前往旅館。

我回到旅館的時候，克里夫正在吃飯。

「克里夫，鎮上有點怪怪的。發生什麼事了嗎？」

我跑向克里夫，這麼問道。

「是啊，的確有事。」

果然有發生什麼事。

克里夫用認真的眼神看著我。

「到底發生什麼事了？」

「黑熊變成白熊了。」

他用認真的表情這麼說。

這時候我才注意到自己的裝扮。

「原來妳還有白熊的衣服啊。」

「嗚哇啊啊啊啊啊啊啊啊！」

我衝進自己在二樓的房間，換成黑熊服裝。

明明只有顏色不一樣，我還是覺得很丟臉。

我想應該是因為我不習慣在別人面前這麼穿的關係。不知道為什麼，白熊服裝讓我覺得很不好意思。一定是因為我到了晚上才會換成白熊服裝，所以心裡把它當成睡衣看待的關係。因為這樣，穿著白熊服裝出現在別人面前，才會讓我覺得很丟臉。

黑熊和白熊只有顏色不一樣，應該只是我的感覺問題。

不過，我終於知道為什麼路人的反應會那麼奇怪了。因為我變成白熊，他們才會那麼驚訝地看著我。

可是中午來找我的米蕾奴小姐什麼都沒有說。

現在回想起來，她看我的眼神和平常不一樣，或許是因為白熊服裝的關係。

我回到克里夫那裡，詢問關於米蕾奴小姐的事。

「你一個人嗎？米蕾奴小姐呢？」

「她還沒有回來。對了，妳的房子蓋得怎麼樣了？」

「你已經知道了嗎？」

「我有遇到米蕾奴，她告訴我的。」

「幾乎都蓋好了。接下來只剩內部裝潢，不過需要的東西我會回克里莫尼亞買齊，在這裡要做的事情都忙完了。」

「我可要先說，一般來說房子可不是一天兩天就可以蓋好的。」

克里夫這麼吐槽我。我把他的話當耳邊風，拜託迪加先生幫我做飯。

「對了，你那邊的事情辦得怎麼樣？」

「隧道的事情和城鎮要併入我的領地的事會在明天早上公布。預計也會同時募集把那附近整理成平地的作業員。今天我們決定好薪水之類的事情了。畢竟薪水太少會找不到人，太多又會壓迫到財政。」

「沒問題嗎？」

這類型的事情我實在不懂。再說我也不知道行情如何，這也沒辦法。

「我們會跟這座城鎮收取克拉肯的素材，所以這部分沒什麼問題。」

「克拉肯？」

「我聽說妳把克拉肯的素材捐給了鎮上。」

「因為我不需要啊。」

「我說妳啊，妳知道克拉肯的素材可以賣到多少錢嗎？」

克里夫傻眼地這麼說，但我根本不可能知道這種事。

「克拉肯的皮具有很優秀的防水性，可以賣到很高的價錢。光是這些就是一大筆錢了。除此之外，肉的價格也很高昂。妳竟然免費把這些東西送人，真令人不敢相信。」

「只要可以幫助城鎮復興就好了。」

「妳還真是個怪人。一般人根本不會捐出來，更不要說妳還救了城鎮，反過來跟他們要錢也不奇怪。」

雖然嘴上嘆氣，克里夫的臉上卻笑著。

「我是為了復興才捐出素材的，只要克里夫好好使用就行了。」

「我當然會那麼做。我會賣個好價錢，當作整修隧道的資金。錢多總不是壞事。」

我們的對話結束時，安絲把料理端過來了。克里夫已經吃飽了，正在悠閒地喝著茶。

我開始吃飯的同時，米蕾奴小姐回來了。

「唉～優奈已經在吃飯了。克里夫才剛來嗎？」

「我已經吃飽了。」

「這樣呀。我是最後來的啊。」

米蕾奴小姐向廚房裡的迪加先生點餐。

「對了，妳那邊的事情怎麼樣了？」

「因為這裡的商業公會本來就小，所以包括會長在內的四個人都被捕之後，現在人手不夠。考慮到今後的事情，人手實在是太少了。」

「我這邊也一樣。鎮長是誰都還不確定，也需要再找人幫忙輔佐。」

「逃亡的鎮長沒有留下部下之類的人嗎？」

「前鎮長的部下好像都是同家族的人。後來所有人都捲款潛逃了。」

原來如此，家族企業經常發生類似的事。

雖然第一代很優秀，到了第二代和第三代就會愈來愈無能。

「可是，妳那邊還有人留下來，還算好的。我這裡就只能靠冒險者公會和那三個老爺爺了。」

「辛苦你了。」

「我個人是比較希望阿朵拉當上鎮長，但是那樣的話，就沒有人可以帶領冒險者公會了。這部分還要跟克里莫尼亞的冒險者公會商量看看。」

「果然還是要盡早從克里莫尼亞帶幾個人過來才行呢。」

「同時也需要教育一下人才。」

他們兩個真辛苦。

我就像個局外人一樣，一邊聽著他們兩個人談話，一邊吃飯。

「對了，我想要快點回克里莫尼亞處理商業公會的事情，你要什麼時候才能回去？」

「我還有原本的工作，也要處理前公會會長的事情。可以的話我想要後天出發。」

「我也沒問題。不先回克里莫尼亞一趟的話，工作也沒辦法繼續進行下去。優奈也沒問題嗎？」

為了完成熊熊屋，我也需要回克里莫尼亞一趟。

所以我回答「可以」。

隔天，被熊緩和熊急叫醒的我一個人一大早外出。

我的目的地是漁港。

因為我想要找尤拉小姐和達蒙先生拜託關於海鮮的事情，所以過來找人。不過船已經出海了，尤拉小姐他們不在港口這裡。

看來我來得太早了。我決定看海消磨時間，等到漁船回來。海上有許多船隻航行著。我看著船並在港邊散步一會兒，就看到漁船一艘接著一艘回到港口。

看來我應該不用等太久。

每艘船上都載著大量的漁獲。而且，每個漁夫都笑容滿面。我真的很慶幸自己能打倒克拉肯。

我看著回來的漁夫們，他們就向我打招呼了。

「熊姑娘，妳怎麼這麼早來港口？」

「我明天就要回克里莫尼亞了，所以來跟尤拉小姐和達蒙先生打聲招呼。還有就是來買海鮮。」

沒錯，我就是想在回克里莫尼亞之前採購海鮮，才會來找他們兩個人。

「怎麼，妳已經要回去了嗎？」

漁夫露出落寞的表情。

「我之所以會來這座城鎮就是為了買魚嘛。」

後來因為海裡有克拉肯出沒，所以根本沒得買。

「這樣啊。那今天捕到的魚，妳想要多少就拿去吧。這是為了表達我的謝意。」

漁夫大大張開雙手，望向船上載的漁獲。

「等一下。要拿就拿我的魚吧。」

「不，我的魚比較好吃啦。」

「要不要章魚？」

「我這裡還有很大的貝類喔。」

就像是要呼應跟我說話的那位漁夫，其他漁夫也向我搭話。

接著，他們開始競相介紹自己的漁獲有多好。

不，既然是剛剛才捕到的，應該全部都很新鮮好吃吧。

「優奈，怎麼了嗎？」

我正不知如何是好的時候，尤拉小姐和達蒙先生從其他漁夫的後方探出頭來。

「我明天早上就要離開鎮上了，所以來跟尤拉小姐和達蒙先生打聲招呼。另外還要買一些好吃的海鮮。」

我簡單地說明了一下狀況。

「既然這樣，就拿我捕到的魚吧。當然了，不用付我錢。畢竟妳幫了我們很多忙啊。」

達蒙先生才這麼說，周圍就開始吵鬧起來。

「喂，達蒙，你這個晚來的人怎麼可以這樣子。我們也想要送魚給熊姑娘，受她幫助的人可不是只有你啊。現在可以像這樣捕魚，我們都很感謝熊姑娘。這可是多少能回報她恩情的機會。」

「就是啊。而且老爺子他們也說不可以靠近小姑娘，免得給她添麻煩。」

原來老爺爺們還為我下了那種指示啊。

「可是，我們在雪山上也有被她救了啊。」

「跟那個沒有關係。」

「沒錯。感謝她的人可不是只有你。」

「我們每個漁夫都是一樣想要答謝熊姑娘啊。」

總覺得事情變得愈來愈棘手了。

這種時候應該要說「不要這樣，不要為了我吵架」嗎？

不過，我好歹也是個識相的人，當然不會說這種蠢話。

「呃～請大家冷靜一下好嗎？如果你們願意分一些魚給我，我會出錢買的。」

「我們不能跟熊姑娘收錢。」

「對啊、對啊，那樣的話就不算答謝了。」

「這是我們的謝意，妳就收下吧。」

「不行啦，親兄弟也要明算帳。要是不這麼做，我以後也不好意思來買魚了。」

「如果是熊姑娘，今後也可以免費喔。」

「我有在克里莫尼亞城開餐廳，下次想要開一間賣海鮮料理的店，所以要定期購買海產，不能免費拿啦。」

我可不能一直拿免費的東西。如果只有一兩次還沒關係，可是等安絲過來了，就需要定期採購海鮮。如果今後也要維持友好的合作關係，一開始是最重要的。

「…………我們知道了，今後就用買的吧。可是，這次拜託妳收下。」

我看向漁夫們，唯獨這一點，他們好像不願意讓步。所以我和他們說好今天會收下，但從下次開始就用買的。

「如果還有什麼事就跟我們說吧。如果是熊姑娘的請求，我們漁夫什麼都會答應。」

周圍的漁夫也點點頭。

他們這麼說，我也不知道該怎麼辦。不過，我想到了一件事。

「那麼，可以拜託你們一件事嗎？」

「什麼事？」

「現在克里莫尼亞的領主正在跟老爺爺們討論城鎮今後的事，我希望你們不要因此吵架。」

等到這裡變成克里莫尼亞的一部分，說不定會遇到各式各樣的問題。我不希望大家因此而爭吵。

「我們本來就不會反對老爺子他們決定的事，而且連救了這個鎮的小姑娘都拜託我們了，當然沒問題。我們答應妳。」

周圍的漁夫也點點頭。

我真的這麼受人信任嗎？

這樣好嗎？

雖然有點不放心，但是總比吵架來得好。以後就祈禱克里夫好好做事，讓城鎮和克里莫尼亞建立良好的交流吧。

後來，我向大家拿了新鮮的漁獲，離開港口。

我接下來要去的地方是商業公會。因為我有事情要拜託傑雷莫先生。

我一到商業公會，就看到公會的人依然忙碌地工作著。根據米蕾奴小姐的說法，公會不只是工作變多了，還有幾個職員因為上次的犯罪而被捕。所以每個人要負責的工作量又更多了。

其中，米蕾奴小姐很有公會會長的架式，在公會裡下達各種指示。

「米蕾奴小姐，妳看起來很忙呢。」

「哎呀，優奈，妳怎麼會來？該不會是來幫忙的吧？」

「我這個外行人哪幫得上什麼忙啊。」

「才沒有那回事呢。優奈的存在很有幫助喔，光是在旁邊陪著我就足夠了。」

也就是說，我的工作就是只要站在米蕾奴小姐的背後吧。

「開玩笑的啦。妳過來有什麼事嗎？」

「我有事想找傑雷莫先生，他在嗎？」

「他在後面的辦公室裡埋頭工作呢。」

「那是不是見不到他了？」

「這個嘛，要是再不讓他休息一下，他說不定會累倒。所以你們可以趁休息時間見個面喔。」

我得到了許可，和米蕾奴小姐一起到後面的辦公室見傑雷莫先生。

「我要進去嘍～」

米蕾奴小姐沒有敲門就走進辦公室。

「米蕾奴小姐！我、我有在工作，沒有偷懶喔。」

傑雷莫先生支支吾吾地說著，就像在對走進房裡的米蕾奴小姐辯解一樣。

「我本來想讓你休息一下，但好像沒有那個必要呢。」

「沒有那回事。我已經很累了。」

「唉，好吧，手上的工作可以停下來，但你就聽聽優奈想說什麼吧。」

「小姑娘找我？」

「她好像有事情要拜託你。我還要回外面做事，但她的事情談完後就要繼續工作喔。」

「是。」

看到米蕾奴小姐留下我們走出辦公室，傑雷莫先生就鬆了一口氣。看來和米蕾奴小姐工作似乎很累人。

「好了，小姑娘。找我有什麼事？」

「我想要拜託你關於和之國的事。」

「和之國？」

「嗯。和之國的船下次過來的時候，我希望你幫我買一些東西。」

「是沒問題，不過和之國的船不知道什麼時候會來喔。自從克拉肯出現以後，我們就不曾看過他們的船了。」

「沒辦法從這裡過去嗎？」

「沒辦法，沒有大型船隻就到不了。我們鎮上沒有那麼大的船。」

這樣啊。

我好不容易才打倒克拉肯，要是買不到白米、醬油和味噌，我就白忙一場了。雖然城鎮恢復和平是很好，但真令人遺憾。

「我們鎮上也有很大一部分的糧食是從和之國進口的。目前多虧有小姑娘，我們才能從克里莫尼亞購買糧食，所以還沒問題；可是也有很多人偏好和之國的食材，要是他們不來，我們就傷腦筋了。」

就是啊。我也會很傷腦筋。

「不過，只要知道克拉肯消失了，他們也有可能會再來。只能暫時觀察情況了。」

「既然這樣，如果和之國有船過來，可以請你幫我買東西嗎？」

我把裝了錢的袋子放在桌上。

「請你用這些錢幫我買白米、醬油和味噌。另外也請買一些和之國的食物和調味料。」

「小姑娘，這些會不會太多了？」

確認皮革袋子裡的金額後，傑雷莫先生很驚訝。袋子裡放著一筆不小的數目。只要能買到白米、醬油和味噌，對我來說這都只是小錢。

「另外，如果還有其他稀奇的東西，可以請你也幫我買嗎？」

「小姑娘，妳難道不怕我偷走這些錢嗎？」

「雖然我不清楚傑雷莫先生的為人，但是尤拉小姐和達蒙先生、阿朵拉小姐、老爺爺們都很信任你。如果你背叛我，就表示他們沒有看人的眼光，我會死心的。」

「呵呵，也就是說小姑娘信任的是別人而不是我，所以才願意信任我吧。」

「就是這麼回事。畢竟我才剛認識傑雷莫先生嘛。」

「我了解了。我會保管好這筆錢。總之，我先給妳看上次的交易資料。」

傑雷莫先生把白米、醬油和味噌等商品的交易明細拿給我看。

「下次有船過來的時候，價格可能會多少變高一點，到時候要怎麼辦？」

「那還用說。不管是兩倍還是三倍，我都要買。」

「知道了，我會買的。買了之後要怎麼處理？」

「幫我送到克里莫尼亞的商業公會就可以了。」

以後兩座城鎮的商業公會會有密切的來往。既然這樣，先跟克里莫尼亞的商業公會說一聲會比較輕鬆。我把事情委託給傑雷莫先生，離開了辦公室。

接下來就祈禱和之國的船會過來吧。

106 熊熊回到克里莫尼亞

我已經把和之國的事情交給傑雷莫先生去辦了。可是，可惜的是不知道和之國的人什麼時候會來。我好不容易才打倒克拉肯，希望他們會過來。

離開商業公會的我開始探索這座城鎮。我走到外頭就被米蕾奴小姐逮到，被叫去到處跟人打招呼（只是站在後面而已）。我想盡辦法從米蕾奴小姐的掌握下脫身後，卻又被克里夫逮到，只好跟克里夫一起到處去跟人打招呼（只要站在後面的簡單工作）。

然後，逃離克里夫的我繼續探索城鎮，一個人回到旅館。我回來的時候，已經到晚餐時間了。

「迪加先生、安絲，請幫我做晚餐！」

我一回到旅館就向後場的迪加先生和安絲點餐，在熟悉的位子上坐下。

然後，迪加先生發出很大的聲音並從後面跑出來。

「小姑娘，妳回來了啊。」

「我回來了。請幫我做晚飯。」

「在這之前，我有件事想問妳。」

「什麼事？」

我肚子餓了，想要快點吃飯耶。

「妳上次說的事情是認真的嗎？」

「上次？」

「就是安絲的事。」

「我想要請安絲到我店裡的事情嗎？」

「是啊。我今天聽說關於隧道的事了。」

「你聽說了啊。」

除了克里夫和米蕾奴小姐，冒險者公會和商業公會也都知道。後來，在工作上和這些人有關係的人也都聽說了關於隧道的事情。昨天米蕾奴小姐有帶相關人士去看隧道，所以，應該已經有不少人都知道了。

「事情已經在鎮上傳開了，也有人跑去看隧道。小姑娘，妳是知道隧道的事，前天才會那麼說的吧。」

「因為我希望安絲願意來嘛。」

「小姑娘，我問妳一個問題，那條隧道該不會是妳挖的吧？」

我稍微思考了一下。我應該說實話，還是隱瞞呢？

迪加先生用認真的眼神看著我。所以，我決定說實話。

「那是我想要請安絲來克里莫尼亞才挖的。」

「果然是這樣。」

他露出恍然大悟的表情。

「想要請安絲來克里莫尼亞也是原因之一，更重要的是我希望有海鮮能流通到克里莫尼亞。」

要是買不到海鮮，請安絲過來也沒有意義。

「只為了這件事，妳就挖了一條通往克里莫尼亞的隧道嗎？」

「如果再加上可以買到和之國的食材，那就太棒了。」

「可惜他們現在沒有來。」

希望他們可以快點過來。

「小姑娘真的很厲害呢。妳看起來實在不像是這麼厲害的人。」

迪加先生把大大的手放到我頭上。

「那我再跟妳確認一次，妳真的想要請安絲過去嗎？」

我點點頭。

「妳會準備店面對吧？」

我點點頭。

「我會準備店面，當然也會付她薪水、給她休假，如果她想要回密利拉鎮，隨時都可以回來喔。」

這是我跟安絲約定好的事。

「給出這麼好的條件，小姑娘有什麼好處？」

「那還用說，當然是可以吃到繼承迪加先生手藝的安絲做的海鮮料理了。光是這樣就夠了。」

「妳不是在開玩笑吧？」

「哪有人會為了開玩笑去挖一條隧道。」

迪加先生用手搓搓下巴，閉上眼睛思考。

「好，我答應妳。帶安絲過去吧。」

「可以嗎？」

我還沒有取得本人的許可呢。

「我知道安絲想要開一家自己的店。如果是在小姑娘那裡工作，我就放心了。而且，妳為了請安絲過去，還挖了一條隧道。既然妳都做到這個份上了，我也不忍心阻止。」

「迪加先生，謝謝你。我會好好待她的。」

「嗯，妳要讓她幸福喔。」

「你這麼說，聽起來好像她要嫁給我喔。」

我和迪加先生都笑了。

「……安絲！妳過來一下！」

迪加先生往後場叫道。

「什麼事，爸爸？」

安絲從後頭的房間探出頭來。

「妳想要去克里莫尼亞嗎？」

「就算想去也沒有那麼容易呀。而且要離開爸爸媽媽，我會覺得寂寞。」

「如果克里莫尼亞變近的話呢？假如只要幾天就能到的話。」

「那樣的話，我會想去看看。」

她的回答讓我很高興。

「那就去吧。」

「爸爸？」

都還沒有說明就叫她去，安絲也很困惑。

「已經有很多人都在傳了，妳應該也會聽說，有人挖了一條連接著我們密利拉鎮和克里莫尼亞城的隧道。」

正確來說不是「連接」著克里莫尼亞，而是「通往」克里莫尼亞的隧道。

「爸爸，你在說什麼？隧道怎麼可能那麼容易就挖好。」

安絲笑著拍打迪加先生的背。

「我也這麼覺得。可是，我剛才從老爺子他們那裡聽說隧道的事，也有人已經去看過了。而且，挖隧道的人就是這個小姑娘。不只是這樣，她還說是因為想找妳去克里莫尼亞才挖的。」

「你在開玩笑吧？」

「妳跟我說好了對吧？只要能弄到海鮮又可以隨時見到迪加先生他們，就願意來克里莫尼亞。」

「……是說好了。」

這是前天才發生的事，要是她忘記我就傷腦筋了。

「……爸爸。」

安絲困擾似的尋求迪加先生的協助。她似乎沒有想到事情會變成這樣，看起來也很不知所措。

也對，正常人根本不會覺得有人會為自己挖一條隧道。

「安絲，妳自己決定吧。這是妳的人生。」

「爸、爸爸。」

安絲注視著我的眼睛。

「優奈小姐，找我真的好嗎？」

「我想吃安絲做的菜。」

感覺好像在求婚，很不好意思耶。

「我、我知道了。不嫌棄的話，我會努力的。」

安絲答應要去克里莫尼亞了。

「呃，真的可以嗎？」

「是的。請妳多多指教。」

「嗯，我才是，拜託妳了。」

請到廚師了。

「唉～真沒想到妳會在結婚前就離開家。」

安絲說要去的瞬間，迪加先生就露出看似悲傷的表情。

「既然這樣，迪加先生要不要也一起來克里莫尼亞？如果你要來的話，我會幫你準備一間旅館喔。」

嗯，真是個好點子。

「我很高興妳邀請我，不過還是算了。我是在這裡出生長大的，所以死也要死在這裡。」

這話說得還真帥。

「那你要來克里莫尼亞玩喔。下次由我來招待你。」

「好，到時候就拜託妳了。」

迪加先生把手放在我的頭上。

「抱歉打擾你們，可是隧道還要等好一陣子才能通行喔。」

「是呀，要做的事還堆積如山呢。」

「克里夫和米蕾奴小姐！」

不知道什麼時候出現的克里夫和米蕾奴小姐加入談話了。然後，他們在我坐的桌子邊坐下。

「肚子好餓。老闆，麻煩幫我做飯。」

「也請準備我的份。」

米蕾奴小姐也坐上椅子。

「話說回來，我聽說兩位是克里莫尼亞的領主大人和商業公會的會長呢。」

「我是優奈的朋友，克里夫．佛許羅賽。職業是克里莫尼亞的領主。」

「我也是優奈的朋友，米蕾奴。在克里莫尼亞的商業公會擔任會長。」

兩人都強調於我的「朋友」這個詞，重做一次自我介紹。

「克里莫尼亞的領主大人和公會會長……」

「不需要那麼拘束。在這裡當我們是優奈的朋友就好。比起這種事，我想要吃老闆做的美味料理。」

克里夫這麼拜託，迪卡先生就露出了開心的表情。

「安絲！在隧道完成以前，我會從頭開始鍛鍊妳。過來幫我做飯！」

「嗯！」

父女倆往廚房跑去。

「優奈，妳找到一個好廚師了呢。」

「對吧。等店開張了，你要來吃喔。」

「嗯，我會去的。」

「當然了，我也要去喔。」

我也找到客人了。

後來到了隔天早上，我們依照預定計畫啟程返回克里莫尼亞。

「優奈小姐，我會努力學習的。」

「嗯，我等妳。」

「在隧道完成以前，我會好好教她。要是克里莫尼亞的人覺得我的料理只有這點程度，那就傷腦筋了。」

迪加先生用力地揉安絲的頭。

「爸爸，很痛耶。」

迪加先生只是笑著，沒有停止撫摸她的頭。

我一走出旅館，就看到阿朵拉小姐和傑雷莫先生在外面。

「優奈，謝謝妳幫我們這麼多。第一次遇到妳的時候，我還很驚訝怎麼會有個打扮成熊的可

愛女孩來冒險者公會，完全沒想到會變成現在這個樣子。」

「我也沒想到會變成這樣。」

沒想到我會跟克拉肯戰鬥。

「妳隨時都可以再來玩喔。」

「我會的。畢竟也蓋了房子嘛。」

「妳是說那棟像熊的房子吧。」

「那裡是我的土地，其他人不能進去喔。」

「我知道。我會轉告鎮上的人。」

當我和阿朵拉小姐道別的時候，傑雷莫先生正在接受米蕾奴小姐的指示。

「不可以因為我不在就偷懶喔。」

「我明白。」

最後克里夫跟大家道謝，我則召喚出熊緩和熊急。

「喂，等一下，現在就要騎牠們了嗎？」

「是啊。」

「不，等等，到鎮外再騎吧。」

「為什麼？」

我不懂克里夫的意思。

「……我會不好意思。」

咦，騎在熊緩和熊急身上很丟臉嗎？

「總之，先走到鎮外再騎熊吧。」

克里夫這麼說完就走掉了。

看到他這個樣子，我和米蕾奴小姐都笑著跟了上去。

107 熊熊打造安絲的店

我們離開鎮上，到了居民看不見的地方時，克里夫才騎到熊緩的背上。

克里夫騎著可愛的熊緩，看起來說不定真的有點詭異。米蕾奴小姐或許也有同樣的感想，臉上帶著笑意。

「我們快點回去吧。」

我現在才覺得「熊緩配克里夫」的組合很有趣。

朝著隧道前進就可以看到一道圍牆。圍牆中有兩頭熊並列著。那是我蓋的熊熊屋。

「我來看隧道時看到這麼大的東西出現在這裡，嚇了一跳。」

看來克里夫也已經看過熊熊屋了。

「我不是說正在蓋了嗎？」

「我沒想到會蓋得這麼大啊。」

「我一想到要帶孤兒院的孩子們一起來玩，就變那麼大了。」

「優奈，下次我來的時候也讓我借住吧。」

跟我一起騎在熊急身上的米蕾奴小姐這麼說，我當然答應了她。

騎著熊的我們抵達隧道，入口擺著熊熊石像。雖然這麼說有點晚了，可是在不知情的人眼裡看來，這應該只是普通的熊吧。應該不會有人覺得這尊熊熊石像就是我吧。我這麼祈求著，使用熊熊的光之魔法進入隧道。

照亮了隧道，熊緩牠們開始朝出口奔跑。

我們在路上遇到一隻誤闖進來的哥布林，但我一下就打倒它了。為了不讓其他魔物靠近，我用火燒了哥布林的屍體。

「要是不快點完成隧道，魔物就會窩藏在這裡了。」

「因為這種洞窟對魔物來說是很適合的巢穴嘛。」

「首先要派冒險者過來狩獵這附近的魔物。得先確保安全再帶工匠過來。」

「可是在派人來之前，或許應該調查一下這裡有哪些魔物呢。」

「這部分問一下冒險者公會就知道了吧。」

的確，如果是附近的魔物情報，冒險者公會應該有收集紀錄。

才剛離開隧道，要直接朝克里莫尼亞出發的瞬間，克里夫阻止了我。

「優奈，等一下。妳應該沒有忘記吧。」

我回過頭，就看到克里夫露出討人厭的笑容。

就是因為我還記得，所以才想要快點離開的說。

「在回克里莫尼亞之前，把熊的石像做好吧。」

「下次再做不就好了？」

「下次是什麼時候？妳根本不打算做吧。」

「…………」

被發現了。

我還以為他忘了，沒想到他根本沒忘。

「妳的眼神在亂飄喔。既然隧道的正式名稱是熊之隧道，就需要熊的石像。如果妳不做熊的石像，我就做妳的石像。」

這個老大不小的人正在笑著威脅我。希望課本裡有教小朋友不可以變成這樣的大人。

「優奈，妳還是放棄吧。這種時候的克里夫是不會善罷甘休的喔。不過，我也想看看優奈的石像呢。」

「米蕾奴小姐……」

我一點也不想看到那種東西啦。可是，既然連米蕾奴小姐都站在克里夫那一邊，我就毫無勝算了。

我無奈地從熊急身上爬下來，在隧道入口做出一尊Q版的熊熊石像。唯一可以慶幸的是不用做我本人的石像。要是克里夫做了我的石像，我就再也不敢使用隧道，也會丟臉到不敢再去密利拉鎮了。

我做出熊熊石像，熊緩和熊急似乎很高興。牠們是很開心多了新同伴嗎？

做完熊熊石像的我重新朝克里莫尼亞出發。

回到城裡之後，兩人都回到各自的工作崗位上。克里夫返回自己的領主宅邸；米蕾奴小姐前往商業公會，我則是回家。

因為只有我不用工作，所以可以好好放鬆一下。這個嘛，雖然我有事要做，但那又不急，所以就明天再做吧。我說出就像某些沒有幹勁的人會說的話。

明天再做。明天再開始努力。

說得真是太好了。如果等到明天也不遲，我覺得明天再做就好，不需要勉強自己在今天做完。我邊在心裡找藉口，邊走在回家的路上。

隔天，我為了商量關於安絲的店的事情，前往商業公會尋找米蕾奴小姐。雖然等到明天或後天也行，但那樣就會真的變成一條懶蟲了。而且，我好不容易才讓安絲願意來克里莫尼亞，一定要先準備好隨時都能迎接她的店面才行。

雖然我來到了公會，卻找不到米蕾奴小姐。

她在裡面工作嗎？

「那個，熊熊。」

「熊熊？」

聽到奇怪的稱呼，我轉頭往後看，發現是一位年輕的女性公會職員。

「不，我是說優奈小姐。請問您在找米蕾奴會長嗎？」

她剛才的確是叫我熊熊對吧？雖然聽到這個稱呼就回頭的我根本沒資格這麼說。

「嗯，我是在找她。米蕾奴小姐在嗎？」

「是的，她在。不過她從昨天開始就沒有睡，一直在辦公室裡工作。」

看來昨天回到城裡後，她就一直在工作。

公會會長還真辛苦。我倒是睡得很飽，身體狀況很不錯。

「要幫您叫會長過來嗎？」

「可是她在工作吧？」

嗯～該怎麼辦才好呢？只能問其他的職員了嗎？

可以的話，我想要找知道我要開店的米蕾奴小姐談談，可是也不太好意思找正在為了密利拉的事忙碌的米蕾奴小姐商量。

「優奈，怎麼了嗎？」

「會長？」

我正在猶豫時，米蕾奴小姐從後面的辦公室走了出來。

「我有事情想要拜託米蕾奴小姐。」

「該不會是關於安絲的店吧？」

她一下子就理解，幫了我大忙。

「就像上次開店時一樣，我本來是想找米蕾奴小姐商量的。」

可是她的表情很疲憊。

「可以的話，我希望能在『熊熊的休憩小店』附近。」

「既然是優奈的請求，我也很想幫忙，可是我正在忙密利拉鎮的事情。」

我們昨天才回來，的確很勉強。

「妳不用擔心，莉亞娜。」

「是。」

剛才那位公會職員這麼回應。

「妳把『熊熊的休憩小店』附近的土地賣給優奈吧，用半價。」

從米蕾奴小姐的口中說出出乎意料的話。

「會長！這樣沒關係嗎？」

「可以嗎？」

我和被稱為莉亞娜的職員向米蕾奴小姐確認。

「和優奈今後會帶給克里莫尼亞的利益比起來，這根本微不足道。雖然優奈看上的是海鮮漁獲，但我和克里夫認為鹽是最有價值的。」

「鹽？」

「我們以前都是進口岩鹽，但既然以後可以前往鄰近的海邊，就能夠大量取得便宜的海鹽。而且，還能將這些鹽賣給其他的城市和村落。其實那條隧道比優奈妳想的還要了不起喔。所以，土地的事情妳不用太在意。不過，畢竟也要顧及社會觀感，所以不能免費送給妳。」

米蕾奴小姐雖然很累，還是對我露出笑容。

不管是哪個世界，鹽的確都很重要。鹽比糖更有價值。

因為我平常都可以買到鹽，所以沒有注意到這一點。真不愧是商業公會的會長和領主大人，思考事情的觀點和我不同。

我會考量自己的喜好行動，他們兩個則是考慮城市的利益來行動。這就是領導者和普通人的差別吧。

「那麼，莉亞娜。接下來就拜託妳了。」

「那會長呢？」

「我肚子餓了，出去吃點東西。」

米蕾奴小姐無力地揮揮手，走出公會。

「那麼優奈小姐，這邊請。」

莉亞娜小姐為我帶路。

「優奈小姐是想要在自己的店附近找地對吧。」

「妳知道我的店在哪裡嗎？」

「當然知道了。我去用餐過好幾次呢，那種叫做披薩的麵包很好吃。」

「謝謝誇獎。」

「那麼，您的店附近有幾間空著的建築物。請問您有什麼條件嗎？」

「因為我想開餐廳，所以最好是夠大的建築物。」

「既然這樣，有三棟可供選擇。」

在這之後，我跟著莉亞娜小姐一起到處看房子，買下了一棟位在「熊熊的休憩小店」附近的建築物。

建築物的大小比原本是貴族宅邸的「熊熊的休憩小店」還要小一些。不過，只要稍微改建一下，應該就可以當成店面了。

「就是這麼回事。堤露米娜小姐，這件事就拜託妳了。」

「我還在想妳為什麼突然帶我過來……」

堤露米娜小姐一看到房子就嘆了一口氣。

因為米蕾奴小姐正在忙工作，我只能依靠堤露米娜小姐了。

「所以，是要弄成餐廳對吧？」

堤露米娜小姐雖然很傻眼，但最後還是會幫忙，所以我很喜歡她。

「嗯。所以，我想要弄成莫琳小姐的店那樣。」

「我知道了。我會盡我所能地把事情辦好。」

「謝謝妳。」

「可是，熊的擺飾要由妳來做喔。」

「我不會做喔。」

「是嗎？」

那時候只是因為店名叫做「熊熊的休憩小店」，大家決定要把店面弄得有熊熊的感覺，所以才作了熊熊的擺飾。而這次的店名還沒有決定，所以不需要熊熊擺飾。

「算了，如果之後有需要再做就好了。」

「我就說了，這次的店不需要熊的擺飾啦。」

「是嗎？但願如此。」

堤露米娜小姐露出別有所指的笑容。

後來，我和堤露米娜小姐一起改建店面。

我把一樓的房間隔牆打掉，把整層樓打通；因為廚房很小，所以我稍微弄大了一點；廚房隔壁有食材倉庫，大小應該很充足吧？如果太小，之後再擴張就行了。

桌子等內部裝潢就等安絲過來再決定好了。到時候米蕾奴小姐的工作應該也已經穩定下來，或許可以再找她商量。

二樓先維持原來的樣子。

這裡可以讓安絲住，也可以當成休息的房間。

我打算等安絲過來再決定細節。總而言之，我會先處理比較大的部分和比較費時的地方。這裡畢竟是安絲的店，也得聽取安絲的意見才行。

可是，像這樣看著店面逐步完成，很令人高興。

我走到外頭，確認店的外觀。堤露米娜小姐請來的專家把房子弄得很乾淨。

雖然建築物變漂亮了，我卻覺得有點冷清，是我的錯覺嗎？

我望向稍遠一點的「熊熊的休憩小店」。從這裡也看得到熊熊的擺飾。

再看看眼前的建築物。這裡沒有熊。

安絲說不定不喜歡熊。

我必須尊重本人的意願，所以決定不做擺飾。

108 熊熊吃鬆餅

自從回到克里莫尼亞以來，已經過了好幾天。

米蕾奴小姐和克里夫很忙碌地到處奔波。他們跟冒險者公會合作，請人狩獵隧道附近的魔物、整修通往隧道的路、採購魔石然後裝設在隧道裡。而且，前幾天克里夫出發前往王都了。我最後看到他的時候，他帶著筋疲力竭的表情，但應該不是我的錯吧。我想一定是因為他把隧道取名為「熊之隧道」，才會遭天譴。

算了，我不會在意克里夫的事。我肚子餓了，於是前往「熊熊的休憩小店」。

我一到店門口就看到Q版的熊熊迎接客人。最近這隻熊在城裡掀起了話題，似乎也很受小孩子歡迎。也因為有冒險者公會的海倫小姐和米蕾奴小姐幫忙宣傳，客人都說我們的麵包很好吃。

我看著店面的時候也有客人陸續走進店裡。因為莫琳小姐的麵包很好吃嘛。

最近的熱賣商品是莫琳小姐和我共同研發的，淋上大量蜂蜜的鬆餅。不過，雖然材料比不上日本的鬆餅，味道還是十分美味。

我今天的目的也是去吃鬆餅。

一走進店內，就可以看到許多小熊正在忙進忙出。穿著熊熊外套的孩子們注意到我就靠了過來。我摸摸他們的頭，叫他們回去工作。

孩子們具有一個人靠過來，其他人就會不斷聚集過來的習性。因為這樣，他們之前有被莫琳小姐罵過一次。所以我要他們滿足於摸頭，並馬上回到工作崗位上。

被摸了頭的孩子們開心地回去工作。

熊熊的尾巴在孩子們的背後左右搖擺，看起來很可愛。這種衣服果然不適合我這種成熟的女人來穿。要穿的話，小女孩比較適合。

可是，最近發生了令人傷腦筋的事。

就在不久之前，我看到店裡的孩子們穿著熊熊外套走在街上。

我問堤露米娜小姐，她說孩子們覺得穿起來很舒服，所以平常就會穿著熊熊外套。我趕緊拿錢給堤露米娜小姐，請她幫孩子們買衣服。可是，堤露米娜小姐卻說「這樣可以幫店裡宣傳，還不錯呀」。

雖然不是布偶裝，但我覺得讓動物裝扮在這個世界流行起來似乎不太妙。

我已經低頭拜託過堤露米娜小姐了，但不知道結果如何。

雖然她說：「大家都是因為喜歡優奈，才會想要模仿。所以何不隨他們去呢？」可是我的直覺告訴我，這是無論如何都不能跨越的界線。要是跨越了這條線，我可以想像得到全世界的人都穿起布偶裝的景象。

我在店裡尋找適合的座位時，看到有個熟悉的人正在用餐。冒險者露麗娜小姐正在一個人吃著鬆餅。

「優奈，好久不見了。」

因為我最近都沒有去冒險者公會，所以很久沒有見到她了。

「露麗娜小姐，妳不用工作嗎？」

我在露麗娜小姐對面的位子上坐下。

「我昨天才剛結束工作回來，所以打算休息一陣子。優奈也是來吃飯的嗎？」

「因為肚子餓了嘛。」

我叫住經過附近的穿著熊熊制服的女孩，跟她點了鬆餅和薯條。其實應該要到櫃台才能點餐，不過這是身為老闆的特權。

「啊，對了。優奈，我可以問妳一個問題嗎？」

「什麼問題？」

「那條熊之隧道跟妳有關係嗎？」

「……為、為什麼這麼問？」

我努力安撫緊張的心臟。

「因為不只是名字裡有熊，隧道前的熊熊石像不也跟店門口的熊一樣嗎？」

「妳看到了嗎？」

「我剛才不是說我昨天才做完工作嗎？就是去狩獵熊之隧道附近的魔物。」

喔～是克里夫說過要確保安全的魔物狩獵啊，原來露麗娜小姐也有參加。

既然如此，她會看到那尊熊熊石像也無可厚非。

「所以，那跟妳有關係嗎？」

嗯～該怎麼辦呢？我個人並不希望自己和隧道有關係的事情傳出去。

「妳不想說也沒關係，不過大家都覺得和妳有關係喔。」

我想也是～隧道的名字也好，熊熊石像也罷，全都像是在宣傳那條隧道和我有關係。這一切都是克里夫的錯。

無奈的我只好說出事前和克里夫與米蕾奴小姐講好的說詞：

「我是隧道的第一發現者。」

這就是我們討論出來的折衷說法。因為我實在說不出那是我挖的隧道。

「發現者？真的嗎？」

露麗娜小姐懷疑似的瞇起眼睛看著我。

「真的啦。」

我緩緩從露麗娜小姐身上移開視線。

「呵呵，那好吧。我就當作是這麼回事。」

雖然我不知道露麗娜小姐是怎麼理解的，但她沒有繼續追問下去。

後來我們閒聊的時候，我點的淋上滿滿蜂蜜的鬆餅、薯條和飲料就送來了。

「謝謝。」

我對端東西來的女孩道謝。女孩很開心地露出微笑，回去繼續工作。

我的眼前擺放著剛做好的鬆餅和薯條。

「這裡的食物真的很好吃呢。」

露麗娜小姐伸手過來拿我的薯條，但我沒有阻止她。她剛才體諒了我的心情。這一點賄賂還算划算。而且如果吃完了，再點就好。

我吃著淋上蜂蜜的鬆餅，享受幸福時光的時候，就看到堤露米娜小姐走了過來。

「啊，優奈，妳真的在這裡呀！」

我不能來這裡嗎？

我再吃一口鬆餅。

「太好了。我有一點事情想跟妳商量，妳有空嗎？」

「發生什麼事了嗎？」

堤露米娜小姐看了看四周。

「是不方便在這裡說的事嗎？」

「嗯……也不是啦。」

她很猶豫。

「那就去裡面說吧。露麗娜小姐，薯條給妳吃，那件事請妳保密喔。」

我把薯條留在桌上，端著吃到一半的鬆餅和飲料走到裡面的房間。

我進入裡面的休息室，聽堤露米娜小姐說話。

我把鬆餅放到桌上，然後切一塊送進嘴裡。沾滿蜂蜜的鬆餅非常美味。

「所以，發生什麼事了嗎？」

「現在妳吃的鬆餅，店裡可能沒辦法再供應了。」

我正要把第二口鬆餅送進嘴裡的手停了下來。

她剛才說什麼？

「現在蜂蜜的價格漲得很高。」

「為什麼蜂蜜會漲價？」

蜂蜜對鬆餅來說是不可或缺的。

雖然說加果醬之類的也是可以，但我很堅持吃鬆餅要加蜂蜜。

「這個嘛，理由很簡單，因為好像買不到蜂蜜了。」

「為什麼會買不到蜂蜜？」

「人家說是採蜜的地方有魔物出沒啊。」

難道蜂巢附近出現了一隻黃色的熊嗎？

「所以，要是價格還是這麼高，我們就沒辦法進貨了。包括鬆餅在內，要使用蜂蜜的麵包也得漲價才行。」

「意思是要我去打倒魔物嗎？」

「才不是呢，我是在說店裡的事情。關於狩獵魔物的事，冒險者公會應該已經發布委託了。優奈可是這家店的老闆，也得考慮一下店裡的事吧。」

就是因為這樣，我才會以為她是要我去打倒魔物、取得蜂蜜嘛。看來是我誤會了。我的思考方式好像太暴力了，不多用點腦袋可不行。

「現在要嘛就暫時停止供應使用蜂蜜的商品，要嘛就是配合蜂蜜的價錢調高售價。」

「漲價還賣得出去嗎？」

「雖然銷售量會減少，但我想應該賣得出去。可是，使用蜂蜜做成的食物很受小朋友歡迎，所以我不想調高售價。」

「所以到底該怎麼辦？」

「就是不知道，我才找妳商量嘛。」

說得有道理。

也就是說我們有停止販售或繼續賠錢賣，又或者配合蜂蜜調漲售價的三個選項。

「莫琳小姐怎麼說？」

「她說錢的事情太麻煩了，交給我決定。」

很像是莫琳小姐會說的理由。

「她只說因為要改菜單，所以如果無法進貨就要早點告訴她。」

「我們的存貨還有多少？」

「照銷售量來看，大概還剩兩三天份。所以我才會這麼煩惱。」

嗯～該怎麼辦呢？

如果只是稍微虧一點錢，我是不在意。

「順便問一下，蜂蜜很受歡迎吧？」

「我們店裡的食物全都很受歡迎呀。所以就算有用到蜂蜜的商品沒有了，整體的銷售額應該也不會下降多少，可是有些客人會很失望。特別是小孩子。」

這一點就看蜂蜜的這件事怎麼發展了。

「商業公會知道這件事嗎？」

「我不清楚，我也是前幾天才知道，還沒有確認過。」

「那等我吃完這盤鬆餅就去商業公會一趟。」

我把插在叉子上的鬆餅送入口中。

「可以嗎？」

「我把店裡的事情全都丟給堤露米娜小姐處理了，偶爾也得做些老闆該做的事嘛。」

也好，我從密利拉鎮回來以後就沒怎麼工作，一直過著懶散的生活。要是沒有偶爾做點事，面對比我年幼的孩子就不能以身作則了。

我得保有年長者的威嚴才行。

於是，吃完鬆餅的我前往了商業公會。

109 熊熊變成冒險者階級C

我為了問蜂蜜的事情來到商業公會。

我在室內掃視一圈，沒有看到放著會長本來的工作不管，坐在櫃台的米蕾奴小姐。

她果然還在忙密利拉鎮的事嗎？

這樣的話，我可能暫時看不到米蕾奴小姐坐在櫃台的樣子了。一想到這裡就有點寂寞呢。

因為米蕾奴小姐不在，我正在考慮要到哪個櫃台詢問時，就看到前幾天幫我找土地的莉亞娜小姐，於是我走了過去。

「優奈小姐，歡迎光臨。請問今天要辦什麼事呢？難道是前幾天購買的建築物有問題？」

「不是的，建築物沒有問題。我反而比較擔心你們賣得這麼便宜，要不要緊呢。」

「不要緊，我前幾天從會長那裡聽說關於密利拉鎮的事情了。考慮到那件事，這沒有什麼。您遲早都會升上商業階級A的。」

她說出了一件大事。

我聽說只有王都的大商人可以升上商業階級A。而我不覺得自己能成為那種大商人，也不想成為。

「階級A只是一場夢吧。」

我這麼一說，莉亞娜小姐就靠過來跟我說悄悄話。

「不，這不是作夢喔。我聽說在前幾天的公會會議上，已經決定要將隧道的一部分通行費匯入優奈小姐的戶頭裡了。那樣一來，應該會是一筆不小的數目。所以再過幾年，您一定可以升上階級A。」

「呃，米蕾奴小姐連那種事都說了嗎！」

隧道的通行費有一部分會進到我的口袋。據克里夫和米蕾奴小姐所說，這是挖掘者的權利。他們似乎也考慮過用城市的名義買下那條隧道，但這麼做好像很不切實際。

算了，雖然我不是克里夫，但也覺得錢多不是壞事，於是決定收下。

不過，這件事明明就是祕密，莉亞娜小姐卻知道。

我正感到驚訝的時候，莉亞娜小姐用食指抵著嘴唇，要我安靜。

「不，優奈小姐的事情只有一部分的人知道，請放心。職員之中只有負責會計工作的人和會長的直屬部下知道而已。」

「米蕾奴小姐是公會會長吧。不是所有人都是她的部下嗎？」

「是我說得不夠清楚。我是指可以代替公會會長的人，也就是可以在會長不在時代為處理工作的人。」

「也就是說，莉亞娜小姐是米蕾奴小姐的代理人嗎？」

「我沒有那麼了不起。我頂多只能在會長不在的時候，負責接待優奈小姐而已。」

那是什麼？竟然還有負責接待我的人。

這樣好像我會做什麼壞事一樣。

「我想，應該是因為我在前幾天負責幫優奈小姐處理過房屋買賣。所以會長不在的時候，請隨時吩咐我。遇到我無法處理的問題時，我會轉告會長的。」

好吧，總比找不認識的人處理來得好。

「可是，為什麼拿到一部分的隧道通行費，公會階級就會上升呢？」

「因為通行費的一部分利益會作為商人的稅金上繳，所以商業階級一定會上升。」

簡單來說，就像是透過隧道做生意嗎？

商業階級啊，感覺上升了也沒什麼用處耶。

「那麼優奈小姐，您今天過來要辦什麼事呢？」

啊，我差點就忘了。

我向莉亞娜小姐詢問關於蜂蜜的事。

「我聽說有魔物出現，導致蜂蜜斷貨，所以想來問問發生什麼事了。」

「原來是那件事呀。」

「我的店裡需要用到蜂蜜。漲價會讓我很困擾。」

「現在公會已經委託人去狩獵蜂木附近的魔物了。魔物消失以後，價格應該就會回穩。」

蜂木？

是我聽錯了嗎？

應該是蜂巢吧。

「那麼，已經有人去狩獵蜂巢附近的魔物了吧？」

「優奈小姐，不是蜂巢，是蜂『木』喔。」

似乎不是我聽錯了。

「呃，什麼是蜂木？」

「優奈小姐，您不知道嗎？」

「嗯，我第一次聽到。」

「蜂木就是蒐集花蜜的蜜蜂在樹上築的巢。巨大的樹木中有幾萬、幾十萬隻蜜蜂聚集，整棵大樹都是牠們的蜂巢。」

幾十萬隻蜜蜂聽起來真噁心。

「有那麼多蜜蜂，採集蜂蜜也很危險吧？」

「蒐集花蜜的蜜蜂很溫馴，所以只要不主動攻擊就沒有危險。而且採集蜂蜜的人都是專家，很安全的。」

原來還有專門採集蜂蜜的專家啊。也對，日本也有。

「那麼，已經知道那裡有什麼魔物出沒了嗎？」

如果很簡單，我就兩三下打倒牠們。

「根據採集蜂蜜的人所說，似乎是一群哥布林。好像有人看到牠們群聚在蜂木附近。而在幾天前，冒險者公會已經發布了狩獵的委託，我想再過不久就能消滅魔物了。」

若是區區哥布林，冒險者就能打倒了，應該不需要我出馬吧。

「如果您想要了解情況，建議您可以詢問冒險者公會。」

「謝謝妳。我去冒險者公會問問情況。」

我向莉亞娜小姐道謝，離開商業公會。

於是，我接著來到冒險者公會。我走進公會，發現冒險者的人數比平常更少。看到我的冒險者不知道為什麼，全都往後退了一步。我不會做什麼喔，一點都不可怕喔。

我這麼想著，走向海倫小姐在的櫃台。

「優奈小姐，您怎麼會來呢？」

還問我為什麼來，冒險者當然會來冒險者公會，她這麼問實在讓我很困擾。好吧，雖然我最近的確很少來啦。

「我想問一些事情。」

「問問題是嗎？不過在那之前，可以跟您借一下公會卡嗎？」

「為什麼？」

「會長交代我，如果您來了，就要幫您提升階級。」

「階級？」

「是的。前幾天我們會長和克里夫大人會面，討論過關於優奈小姐的事。雖然我沒有聽說細節，可是會長好像很傷腦筋，還指示職員幫優奈小姐提升公會階級。」

克里夫該不會說了關於克拉肯的事吧？

「另外，會長有話要轉達給您。公會本來是要將您的階級提升到C，不過如果您希望的話，提升到階級B也沒問題。優奈小姐，請問您到底做了什麼？」

我不敢說自己只是煮了一隻巨大烏賊。

「您打算如何呢？果然要提升到階級B嗎？」

「不用了，現在這樣就好。」

我平常都沒有在承接委託，突然讓我提升到階級B也只會造成我的困擾。這種東西就要一步一步提升才有趣，一下子升級一點也不高興。

「會長還說：『妳不提升階級的話我的評價就會降低，妳一定要給我提升』。」

「……那就麻煩妳幫我提升到階級C。」

我記得自己現在的階級是D。如果是階級C的話，只上升一級而已。

「您確定嗎？可以提升到階級B喔。這可不是想要升就能夠升上的階級喔。」

「就算我說自己是階級B，也沒有人會相信吧。既然這樣，維持適合自己的階級就好。」

雖然說我是階級C，應該也沒有人會相信。

「真的沒問題嗎？」

我點點頭。

「我明白了。那麼我會為優奈小姐提升一個階級，升到階級C。」

海倫小姐操作水晶板，更改卡片的公會階級。

「只花幾個月就升上階級C也很厲害了，您到底做了什麼？竟然還可以升上階級B。」

「誰知道，我也不太清楚。」

「真的嗎？」

海倫小姐用懷疑的眼光看著我。

看來克拉肯的事情好像沒有外傳。如果這件事有登記到狩獵紀錄裡，海倫小姐也不會這麼問了。

搞不好就像艾爾法尼卡的印記一樣，只有公會會長看得到。

「先不管這個了，我是有事想問才過來的。」

為了不被繼續逼問階級上升的理由，拿回公會卡的我開始辦自己過來公會要做的正事。

「嗯～我明白了。可是，您下次一定要告訴我喔。好了，您要問什麼事呢？」

「聽說蜂木附近有魔物出現，我想知道這件委託進行得怎麼樣了。」

「蜂木是嗎？我看看，請稍等一下。」

海倫小姐開始操作水晶板。

「前幾天有冒險者的隊伍承接這份委託了。不過，目標還沒有達成。」

「那些冒險者沒問題嗎？」

「是，我想應該沒問題。委託的內容是擊敗三十隻哥布林，應該沒有什麼困難。」

既然這樣，應該再過幾天就可以採集蜂蜜了。

「啊，承接這份委託的冒險者好像回來了。」

海倫小姐望向入口。走進公會的是五名男性冒險者組成的隊伍。

可是，他們看起來不太對勁。表情不像是已經達成委託的樣子。一般來說，大部分的冒險者完成委託之後都會開開心心地回來，聊著喝酒吃飯的事情。可是，那些回來的冒險者看起來很生氣。

冒險者們走向櫃台，開始大聲嚷嚷：

「喂，委託的內容根本不一樣啊！」

坐在櫃台的小姐嚇了一跳。

「請問是哪一件委託呢？」

櫃台小姐有點害怕地問道。

我聽到那些冒險者說他們去狩獵哥布林群，結果遇到的卻是一群半獸人。看到這個情況，冒險者們沒有戰鬥就回來了。

成群的半獸人啊。畢竟哥布林和半獸人的戰鬥能力還是有差，那些冒險者會逃回來也沒辦

法。雖然對我來說都沒什麼差別。

冒險者們開始辦理取消委託的申請。

「遇到這種情況，也算是任務失敗嗎？」

「會暫時維持保留的狀態。如果下一批承接委託的冒險者發現半獸人，任務就不算失敗，因為委託的內容是錯的。可是，如果實際上出現的是哥布林，那就會當作失敗。」

「如果兩種都有出現呢？」

「那也要依情況而定。根據哥布林和半獸人是否有一起行動，處理方式也會改變。如果牠們一起行動，就算是委託內容有誤。如果是個別行動，不打倒目標就算是任務失敗。」

原來還會因為各種情況而改變啊。提出委託的人和承接委託的人都很辛苦呢。

冒險者們一邊抱怨一邊走出公會。

這樣一來，現在就沒有人承接狩獵魔物的委託了。那樣的話，我會拿不到蜂蜜。這可不妙。

「海倫小姐，我可以接下去蜂木附近狩獵魔物的委託嗎？」

「優奈小姐要接嗎？可以是可以，不過您打算一個人去嗎？」

「是啊。」

「如果是能打倒黑蝰蛇的優奈小姐，我想應該不用擔心。可是您畢竟是女孩子，請不要太勉強喔。」

「謝謝妳。我會小心的。」

我坦率地道謝。

「那我幫您辦理手續，請稍等一下。」

我再度交出公會卡，進行委託的登錄。

我詢問蜂木的所在地，也問了剛才那些冒險者看到的半獸人在哪裡，然後離開公會。

110 熊熊去找蜂木

我騎著熊緩來到有蜂木的森林。根據海倫小姐所說，蜂木似乎就在這座森林的中心。她說蜂木和普通的樹不同，一看就知道了。

光是想像就讓我感覺不太舒服。

我在進入森林之前用探測技能確認魔物的反應。

半獸人大概有十隻。而且，稍遠的地方也有哥布林的反應。看來兩種情報都沒有說錯。

總之，我先騎著熊緩前往有半獸人的地方。因為我覺得蜂木就在那裡。

我向前走了一陣子，就看到花瓣在眼前飄舞。一走出森林，我的前方就出現一整片開滿七彩花朵的景色。

這幅景致美得讓我忘了呼吸。紅色、藍色、黃色、橘色等各種色彩的花朵綻放著。

花田大得無邊無際，不知道究竟延伸到哪裡。森林裡竟然有這樣的地方，實在令人不敢相信。這些盛開花朵的中心矗立著一棵巨大的樹木。

那就是蜂木嗎？

「好大……」

可是，破壞這幅美麗景色的東西就出現在巨木下方。相貌醜陋的半獸人流著口水，正在舔食蜂蜜。

吃掉我的蜂蜜的兇手就是那些傢伙吧。

我正要走出森林打倒牠們的瞬間，有哥布林從右方的森林衝出來了。牠們直奔向半獸人，並手持著木棒和不知道從哪裡撿來的小刀襲向半獸人。

牠們該不會是在爭地盤吧？

也好，我用探測技能發現牠們時就打算把牠們全都打倒，所以這樣也省得我麻煩。雖然數量上是哥布林佔優勢，但是力量的差距太大了。受到半獸人的沉重一擊，哥布林就不支倒地。可是，哥布林使用人海戰術，團結起來攻擊半獸人。戰況意外地勢均力敵。

我決定等到戰鬥結束再坐收漁夫之利，於是暫時觀望情況。不過，我的想法只過了幾秒就遭到推翻。半獸人和哥布林每次出手攻擊，漂亮的花就會被踩壞。那是蜂蜜的來源啊。再這樣下去，等到戰鬥結束的時候，那裡的花就全部被踩死了。

我要重新採取行動的瞬間，熊緩阻止了我。這次從左邊的森林中衝出了兩團黑色的物體。衝出來的黑色物體直往成群的哥布林和半獸人前進。

那毫無疑問是……

「熊！」

沒錯，加入兩種魔物戰局的是兩頭熊。

兩頭熊身形一大一小。熊突然加入哥布林和半獸人的戰鬥之中。熊的突襲讓哥布林和半獸人都嚇了一跳，原本互相抗衡的戰況都被打亂。熊打倒哥布林，也對半獸人發動攻擊。

因為熊的亂入，哥布林陷入混亂，開始逃竄。

於是，留在原地的半獸人與熊的戰鬥開始了。

可是，半獸人的數量大概十隻左右，熊只有兩頭。數量差太多了。

熊正在攻擊一隻半獸人的時候，其他的半獸人會從旁攻擊。半獸人手持的棍棒揮向熊。熊擋不住攻擊，只能用毫無抵抗地用身體承受。另一隻熊雖然想幫忙，卻被半獸人包圍住，無法行動。

「呃，現在到底該怎麼辦？」

簡單來說，現在有三方勢力為了爭奪蜂蜜而戰。要是我再加入就變成第四方了。

呃，我該怎麼辦才好？

一般來說，只要把哥布林、半獸人和熊全部打倒就可以了。可是我實在不想打倒熊，更別說要殺死牠們了。那就像是殺死熊緩牠們的同類一樣。

我還在猶豫不決時，戰況對熊愈來愈不利。可是，熊並沒有示弱。熊推倒眼前的半獸人，咬住對方的脖子。

喔～熊好強。我忍不住替熊加油。

如果是一對一，熊就算面對半獸人也不會輸。可是，對手的數量太多了。

熊正要撲向下一個目標的時候，動作出現遲疑。因為大樹的後方出現了紅色的半獸人——半獸人的亞種。牠在遊戲裡是不同顏色的半獸人，攻擊力和防禦力都比一般的半獸人還要強上好幾階。

熊對赤紅半獸人發動攻擊，卻遭到赤紅半獸人用棍棒毆打。如果是被劍砍到，那就是致命傷了。話雖如此，情況還是很危險。

另一頭熊用身體衝撞赤紅半獸人。可是，赤紅半獸人文風不動，作勢將棍棒往下揮。這個瞬間，我採取了行動。

我像狙擊手一樣，從遠處發射水球彈。水球彈命中赤紅半獸人，讓牠失去平衡。

被打傷的熊拖著踉蹌的腳步逃入森林。另一頭熊也追了上去。

被留下來的赤紅半獸人沒有發現攻擊的是我，對半獸人同伴揮舞棍棒胡亂出氣，而被棍棒打中的半獸人皮開肉綻。這幅景象讓人不太舒服，所以我騎著熊緩靜靜離開了現場。

那頭被棍棒打傷的熊不知道要不要緊？

那個力道強到都可以把半獸人打得血肉模糊了。我很擔心那頭熊。

我沒有告訴熊緩目的地，牠卻走著走著就找到那兩頭熊了。不，正確來說是四頭。除了剛才那兩頭熊，還有兩頭小熊。既然是一家人，就表示那兩頭熊是夫妻吧。也許大隻的是熊爸爸，小隻的是熊媽媽。

其中一頭成熊倒在地上，另一頭熊一看到我們就開始威嚇。

熊緩把我放下來，走向那些熊。然後，牠們看起來好像是在對話。

難道牠們可以溝通？

當我這麼想的時候，牠們就彼此點頭，看起來好像有共識了。

發生什麼事了？

熊緩走回來，用鼻子推推我的身體，帶我去倒地的熊身邊。

「你的意思是要我幫牠療傷嗎？」

熊緩小小地叫了一聲「咿～」。

「我知道了。」

這是熊緩的請求，我不想拒絕。而且我也沒辦法對受傷的熊見死不救。

我靠近倒在地上的熊，也許是因為熊緩跟牠說過話，這次我沒有受到威嚇。牠們剛才真的是在對話嗎？

我為受傷的熊施放治療魔法。然後，熊慢慢站了起來。看到牠這個樣子，小熊很高興地靠過去磨蹭成熊。

嗯，太好了。

熊緩走到一家子的熊之中。然後，牠們開始對話。

當然了，不會說熊話的我根本聽不懂。熊熊們和樂融融地交談（？）著。要是只有熊急不在場，牠一定會鬧彆扭，所以我也把牠召喚出來。

我召喚出熊急之後，牠馬上加入熊的小圈圈裡，開始對話（？）。

嗯～牠們在說什麼呢？

牠們互相發出叫聲。我很好奇牠們說了什麼。

過了一段時間後，可能是對話結束了，熊緩和熊急回到我的身邊。牠們像是有什麼事要拜託我一樣，過來磨蹭著我，用撒嬌的聲音鳴叫。

雖然只是直覺，但我似乎能理解熊緩和熊急想要跟我說什麼。

「你們是希望我去打倒赤紅半獸人嗎？」

我好像猜對了，牠們高興地叫了一聲「咿～」。

要打是可以，但問題在那之後。就算打倒了魔物，有熊在也沒辦法採集蜂蜜。

我還在思考的時候，成熊留下小熊開始行動。

牠們該不會是要回去跟赤紅半獸人戰鬥吧？

當我還在猶豫時，熊緩和熊急就靠到我的身邊。

「我知道了。走吧。」

可能是很高興聽到我這麼回答，熊緩牠們開心地叫了。

這是熊緩和熊急的請求，我決定等一下再思考後續的問題。首先就去打倒赤紅半獸人吧。不管怎麼樣，赤紅半獸人都是我的敵人。

我們往有赤紅半獸人在的蜂木走去。那些半獸人一直守在蜂木附近，而赤紅半獸人就在其中，散發著特異的氣場。

在開滿鮮花的美麗場所，牠們看起來很不搭調。

兩頭成熊緩緩朝半獸人走去。雖然我希望牠們不要擅自行動，但也沒辦法。我也跟上牠們。

熊跑了起來。半獸人注意到牠們，開始各自拿起武器。

赤紅半獸人發出震耳欲聾的吼叫聲。一聽到這個叫聲，半獸人就全部一起朝我們跑了過來。

兩頭成熊準備迎擊。

其實我希望牠們不要站得那麼前面，交給我來打就好。可是，成熊是想為了守護自己的家園而戰。這或許是為了孩子。成熊撲向半獸人。

我開始在後方支援成熊，開始戰鬥。

我用風魔法把遠離成熊的半獸人的頭砍下來，再打倒試圖攻擊我的半獸人。兩頭成熊也一隻一隻地打倒其他半獸人。

看到我們這個樣子，赤紅半獸人發出更凶狠的低吼聲。赤紅半獸人跑了起來。牠的目標是熊爸爸。

牠握緊巨大的棍棒，朝熊爸爸揮下。熊媽媽用身體從旁邊衝撞赤紅半獸人，而其他的半獸人也加入戰局。熊爸爸對赤紅半獸人發動攻擊，現場已經完全變成一場大混戰了。這樣我沒辦法使用魔法攻擊。

赤紅半獸人揮下棍棒，而熊爸爸躲開了棍棒。棍棒打中地面，讓漂亮的花四散凋零。看準這個破綻，熊媽媽從旁邊往赤紅半獸人撲過去。雖然牠使出衝撞攻擊，這次卻被擋了下來。赤紅半獸人再次舉起棍棒，熊爸爸則發動攻擊——棍棒的目標是熊媽媽。在熊爸爸撲上去之前，揮下的棍棒就打中了熊媽媽的背部。

噗滋。

熊媽媽發出慘叫後倒地，這時熊爸爸撲向赤紅半獸人。赤紅半獸人直接用剛才揮下的棍棒往上朝熊爸爸揮去。棍棒打中牠的側腹部。

噗滋噗滋。

兩頭成熊躺在赤紅半獸人的腳邊呻吟。赤紅半獸人流著口水，作勢再度揮下棍棒。在牠舉起棍棒的瞬間，我採取了行動。

我對赤紅半獸人的側腹部使出熊熊鐵拳。半獸人滾到地面上，壓壞鮮花。

我已經好久沒有這麼生氣了。看到熊被毆打讓我的心情很差。

如果怕魔法會打到熊，用揍的就是了。

如果與之為敵，熊就是很凶暴的可怕生物，餓著肚子的熊有時候也會攻擊人類。可是自從遇到熊緩和熊急後，我的想法就改變了。

所以，我就是會忍不住站在熊這一邊。

今後，這些熊說不定會攻擊人類。可是現在這個瞬間，我想要保護這些熊。我不知道未來會

發生什麼事。現在的我順從著想要打倒這隻赤紅半獸人的衝動。

赤紅半獸人站起來看著我。

我就代替熊來對付你。我要讓你也嚐嚐那些熊承受的痛楚。

我踏出步伐，衝向赤紅半獸人。赤紅半獸人對我揮下棍棒。

想要比力氣的話，我奉陪。

我用白熊手套接住棍棒。衝擊力很小，我可以輕鬆擋下攻擊。

這是熊媽媽的分。我朝毫無防備的側腹部使出黑熊手套的熊熊鐵拳。因為反作用力和痛苦，赤紅半獸人放開了棍棒。白熊手套玩偶的嘴巴咬著棍棒，我讓黑熊手套玩偶的嘴巴重新咬緊。

重新站穩的赤紅半獸人第一次瞪著我。不是把我當成食物，而是敵人。

現在才當我是敵人也太遲了。

我就告訴你誰才是強者，可惜等你知道的時候早就一命嗚呼了。

我舉起棍棒，往赤紅半獸人揮下去。赤紅半獸人想要像我一樣接住棍棒。

你以為自己辦得到同樣的事嗎？

我打爛了赤紅半獸人的手臂。這是熊爸爸的分。赤紅半獸人發出淒厲的慘叫。這就是你做了好幾次的事情。赤紅半獸人背對著我逃走。

我不可能放過牠。我用土魔法做出牆壁，讓牠無處可逃。赤紅半獸人最後用恐懼的眼神看著我。赤紅半獸人已經喪失戰意了。可是，我不打算放牠一條生路。我最後用熊刃術砍下牠的首

級，結束這場戰鬥。

我回過頭時，熊緩牠們才剛把半獸人全數殲滅。我走近倒在地上的熊，為牠們施予治療魔法。成熊站起來，磨蹭著我表達感謝的心意。

「嗳，如果有人類來採集蜂蜜，可以請你們不要攻擊他們嗎？」

就算知道牠們聽不懂我說的話，我還是忍不住這麼問。我從來沒有像今天一樣，這麼希望自己能懂熊的語言。只能把熊移動到安全的地方了嗎？我正在想著這種事的時候，熊緩和熊急走近成熊，開始類似對話（？）的舉動。成熊繞到我的背後，開始推我的身體。牠們把我推到蜂木前面。

「你們是要我去採蜂蜜嗎？」

熊緩代為回應我的疑問。我走近蜂木，雖然有蜜蜂在樹木周圍飛舞，卻沒有要攻擊我的跡象。我從熊熊箱裡拿出一個壺，開始小心地採集蜂蜜。

111

熊熊不知道該拿熊怎麼辦

蜂木是蜂巢圍繞在樹幹周圍形成的。我把熊熊手套脫下來，用手指往蜂木的洞裡一戳，蜂蜜就流了出來。我舔食沾在手指上的蜂蜜，很甜很好吃。周圍有蜜蜂飛舞讓我覺得有點恐怖，但蜜蜂只是在飛，並沒有要攻擊我的跡象。

我正在採集蜂蜜的時候，兩頭小熊踩著小小的步伐從森林裡走過來。我還以為牠們會避開死去的半獸人走向成熊身邊，但牠們卻不管父母，直接跑到蜂木前開始吃起蜂蜜。

我說小熊啊，你們這樣爸爸媽媽太可憐了吧。爸爸媽媽可是拚了命在戰鬥耶。

可是，小熊們吃著蜂蜜的模樣很惹人憐愛。

我把裝滿蜂蜜的壺收進熊熊箱，跟熊道別。

「真的很謝謝你們。可是你們還有小孩，不可以再做危險的事了喔。」

雖然語言不通，但心意能傳達出去。兩頭成熊叫了一聲「咿～」來回應我。

牠們聽懂了嗎？

小熊似乎是滿足了，已經不再舔食蜂蜜。看到牠們這個樣子，成熊輕輕叫了一聲，然後開始移動。牠們好像要回森林了。小熊跟在爸爸媽媽的背後離開。

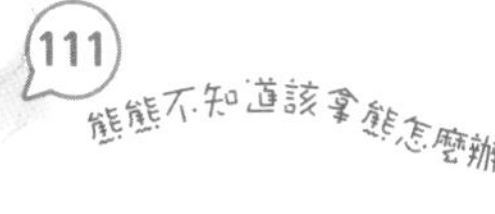

我跟熊分別後開始回收半獸人的屍體。在離開森林以前，我也沒忘記掃蕩逃跑的哥布林。

我在回程的路上思考該怎麼報告這次的委託。

我這次執行委託的時候沒有打倒那一家子的熊。委託的內容只有狩獵哥布林和半獸人，目標中沒有包括熊。可是考量到安全的問題，我必須回報關於熊的事情。如果那麼做，公會或許會再發布狩獵熊的委託。

如果有發布狩獵的委託，就只好把熊移到沒有人煙的地方了吧。

我一邊煩惱一邊離開森林，卻在得出答案以前就抵達城鎮了。我回到城裡的時候太陽已經下山，時間到了傍晚。

我走進城門，正朝著冒險者公會走去的時候，看到海倫小姐小跑步向我跑來。

「優奈小姐，歡迎回來。您該不會已經完成委託了吧？」

「完成了。海倫小姐呢？」

「我也已經下班了，現在正要回家。您看起來心情不太好，發生什麼事了嗎？優奈小姐很照顧我，如果有什麼煩惱，可以跟我商量喔。雖然不知道可以幫到什麼程度，但如果是我辦得到的事，我會盡量幫忙。」

「雖然我已經打倒了哥布林和半獸人，卻發生了一件麻煩事。」

我不知道該不該和在公會工作的海倫小姐說，但我也不知如何是好，所以決定跟她商量。

「……您說熊嗎？」

「我實在不想殺牠們。牠們又沒有做壞事。」

「這也難怪。對優奈小姐來說，畢竟殺死熊就像是殺死自己一樣啊。」

其實沒有那麼誇張，但她好像理解我想說什麼了。

「話說回來，原來有熊呀。我記得負責採集蜂蜜的雷姆先生幾個月前有說過關於熊的事情，說不定就是同一隻熊呢。」

「雷姆先生？」

「他是管理蜂木的人。優奈小姐應該也有看到那一片花田吧？」

「有啊，很漂亮呢。」

「管理那些花的人也是雷姆先生。他會在蜂木附近種花，然後採集蜂蜜。」

原來那些花是有人管理的啊，所以會開著那麼多漂亮的花。雖然因為半獸人大鬧，受到了一點破壞。

不過，原來這個世界的蜂蜜是這麼來的啊。

「可是，這樣不會被別人偷採嗎？那裡的蜂蜜那麼多。」

「沒問題的。蜂木是在克里夫大人的管轄範圍之內，賣蜂蜜要取得克里夫大人的許可，所以就算有人偷，也沒辦法拿去賣。」

「蜂木是克里夫的東西嗎？」

「其實每座城市都一樣，蜂木基本上是很珍貴的東西，所以都是領主大人在管理。這座城市也不例外。負責管理工作的人就是雷姆先生。」

這就是異世界的規則吧。

「那位雷姆先生知道那些熊的事情嗎？」

「我以前在旁邊聽他說過關於熊的事情。」

「妳還記得內容嗎？」

「不好意思，我沒有直接聽他說過。您想知道的話，要不要去見他呢？」

「可是，海倫小姐，妳已經下班了吧？」

「沒關係的。蜂蜜的事情最好早點告訴雷姆先生吧。」

我接受海倫小姐的好意，前往管理蜂木的雷姆先生那裡。

我被帶到一間掛著蜂蜜招牌的店，是賣蜂蜜的店家。可是，店似乎關著。

「雷姆先生～」

海倫小姐敲了敲門。

「有人在嗎～～」

海倫小姐敲了幾次門後門被打開，出現一位年過四十的男性。

「誰啊？要買蜂蜜的話，價格不便宜喔。」

「雷姆先生，晚安。」

「我記得妳是冒險者公會的……」

「我叫海倫。今天過來打擾是為了蜂蜜的事。」

「我聽說了。聽說出現的不是哥布林，是半獸人吧。但我看到的明明就是哥布林。」

「那件委託今天已經由這位優奈小姐完成了。」

雷姆先生看向我。

「是『熊熊的休憩小店』的小姑娘打倒的嗎？」

「你知道我是誰？」

「是啊，堤露米娜跟我提過。妳是『熊熊的休憩小店』的老闆吧。」

因為堤露米娜小姐會跟這家店採購蜂蜜，所以對方知道我這個人也不奇怪。

「而且，這座城市應該沒有人不認識妳吧。」

什麼意思？

這個說法聽起來好像整座城市的居民都知道我是誰耶。

海倫小姐也在一旁點點頭。

為什麼要點頭？

「所以我們想稍微跟您談談，請問方便嗎？」

「嗯，當然可以。進來吧。」

海倫小姐一問，雷姆先生就開門讓我們進入店裡。店裡的架子上沒有擺放商品。果然是因為採不到蜂蜜的關係吧。

我們繼續往裡面走，來到一個像員工休息室的房間，裡面擺著桌椅。

「妳們坐吧。話說回來，魔物真的已經打倒了嗎？」

「是打倒了，可是我遇到一個問題。」

「什麼問題？還有其他魔物出現嗎？」

雷姆先生的笑容瞬間消失，表情一沉。

「不，沒有其他魔物。請問您知道棲息在蜂木附近的熊嗎？」

海倫小姐代替我問道。

「熊？喔，那隻熊啊。」

「你知道嗎？」

「當然了。對我們這些採集蜂蜜的人來說，那隻熊可是救命恩人。」

「您說恩人嗎？」

「我以前被哥布林攻擊的時候，牠救過我一命，而且還不只一兩次。我們這裡的員工被哥布林攻擊的時候也有被牠救過。妳該不會有看到牠吧！」

雷姆先生站起來往前探出身子。

真是出乎意料的反應。

我回答「看到了」，他的表情就變得很高興。

「這樣啊。牠還活著啊。那裡出現那麼多哥布林，而且還有半獸人不是嗎？我還很擔心牠會不會被殺死。是嗎，原來牠還活著。太好了。」

大叔打從心底感到高興。

「我看到熊為了保護蜂木，跟哥布林和半獸人戰鬥喔。」

「真的嗎！牠沒事吧！」

雷姆先生很擔心地問道。

「牠們包括小熊，一家四口都沒事。」

「小熊！牠生小孩了嗎！這個好消息一定要告訴大家。」

他談論熊的時候真的很高興。看到他的表情，我也覺得很開心。

看來熊的事情是我白操心了。

「妳該不會是因為擔心熊的事情，才會來這裡吧？」

「因為委託內容是狩獵哥布林和半獸人，但是我沒有打倒熊就回來了。」

「這樣啊，抱歉讓妳特地跑這一趟。那些熊沒問題，牠們不危險。有牠們在，反而幫了我們大忙。」

「那麼，就算牠們繼續住在那座森林裡，也沒有問題吧。」

「是啊，當然了。因為有那些熊打倒魔物，我們才能安心採集蜂蜜。相對地，熊在吃蜂蜜的時候，我們也會默默地不去打擾牠們吃飯。」

也就是說，雷姆先生會幫蜜蜂種花，從蜜蜂那裡分得蜂蜜。

而熊會擊退魔物，藉此分得蜂蜜。

「雷姆先生，請問克里夫大人知道這件事嗎？」

聽到我們的談話，海倫小姐提出心中的疑問。

「不，我們沒有通知。我們怕說出去就會害牠們被殺，所以瞞著這件事。」

「我覺得還是通知一下比較好喔。」

「可是……」

雷姆先生很不情願。一般來說熊都是凶暴的生物，會被視為害獸。

如果有人主張請冒險者擊退魔物，熊的存在價值就會消失。就算牠們不打倒魔物，我個人也希望牠們繼續住在森林裡。但是應該沒有那麼好的事吧。

即使如此，我也絕對不會選擇對熊見死不救。

「那就報上我的名字吧。克里夫欠我一次人情，他應該會答應我的要求。」

「優奈小姐，您說克里夫大人欠您一次人情，而且還直呼克里夫大人的名字，您知道自己說的話有多麼驚人嗎？」

海倫小姐很錯愕地說道。

就常識來說，直呼貴族的名字的確不太好。可是從孤兒院的事情之後，我的心裡就已經自動用克里夫來稱呼他了。我現在已經改不掉了，克里夫本人也什麼都沒有說。

「如果克里夫不合作，或是做出忽視熊的安全的事，就跟我說吧。我會說服他。」

「小姑娘，真的可以嗎？」

「可以啊。如果他還是堅持要狩獵熊，可以請你告訴我嗎？我會把熊帶到別的地方。」

如果克里夫說要狩獵，我就用熊熊傳送門把牠們一家子移動到安全的地方。問題是要移動到哪裡。

「好吧，我會心懷感激地報上小姑娘的名字。」

「另外，如果您真的為那些熊著想，請在提出委託的時候好好報告。要是有人錯殺了熊，我們也沒辦法負責。」

海倫小姐這麼叮嚀。她說得的確沒錯，如果我知道內情就不用這麼煩惱了。而且如果是我以外的冒險者遇到熊，說不定會殺死牠們。

「也對，抱歉。那麼小姑娘，這次真的很謝謝妳。謝謝妳保護了蜂木和那些熊。」

「這是我的工作，不用放在心上。只要那些熊可以安心生活，我就沒意見了。」

「嗯，我會好好守護牠們。」

「如果牠們出了什麼事，要告訴我喔。我會馬上趕過去的。」

「到時候就拜託妳了。」

雷姆先生高興地對我低頭。

那些熊可以全家一起幸福地生活下去，真是太好了。

112 熊熊成為繪本作家？

「為什麼去商業公會的優奈會去狩獵魔物呢？」

我吃著淋上滿滿蜂蜜的鬆餅，堤露米娜小姐則對我這麼問道。

這些蜂蜜是我和熊緩與熊急一起拿到的。

「順勢而為吧？」

堤露米娜小姐嘆口氣後，露出無可奈何的表情。

這怎麼能怪我呢？我到商業公會，人家就說冒險者公會才知道委託的情況，然後我又去冒險者公會，湊巧遇到本來要打哥布林卻遇到半獸人，所以空手而回的冒險者。就是因為事情這麼發展，我就去狩獵半獸人了。

「可是，謝謝妳喔。畢竟那些都是很受小朋友歡迎的商品，我實在不想停售。」

「我也很高興可以做到老闆該做的事。」

我把店裡的事都交給莫琳小姐和堤露米娜小姐了，偶爾也該為店裡做點什麼。

「呵呵，優奈一直都是個稱職的老闆呀。我和莫琳小姐還有孤兒院的孩子們都很感謝妳呢。」

我聽著堤露米娜小姐說客套話，又加點了鬆餅和新研發的麵包。

「妳要吃這麼多嗎？」

「我要出門一趟，這是要送人的禮物。」

因為拿到了蜂蜜，我想要帶去給芙蘿拉大人吃。

「禮物？那我請人裝在方便攜帶的容器裡。」

堤露米娜小姐說自己等一下也要出門。

「妳要去哪裡？」

「我要去雷姆先生那裡問問蜂蜜的進貨狀況，而且還要談價格呢。」

堤露米娜小姐跟廚房說了一聲便離開店裡。

孩子們把我點的鬆餅和麵包拿來了。我收下麵包後回到熊熊屋，使用熊熊傳送門移動到王都。

我的目的地是城堡。

和待在克里莫尼亞城的時候不同，我走向城堡時，路上的行人一定會轉頭過來看我。這麼一想，我才發現克里莫尼亞城真的已經變得很適合我居住。

我在克里莫尼亞當然也會引人注目，但不像王都這麼嚴重。

我一抵達城堡，還沒有出示公會卡，衛兵就說「請進」，放我通行了。雖然我覺得衛兵這樣的工作態度有點隨便，但是可以不被懷疑，也不用承受異樣眼光就進入城堡內，對我來說輕鬆多

了。

唯一令我在意的是，幾名衛兵的其中一人一看到我，就快步跑掉了。

事情絕對是我想的那樣。

我輕輕嘆了口氣做好覺悟，前往目的地的房間。

我通過已經走了好幾次的通道。在城堡裡工作的人遇到我時，都會跟我打招呼。和城堡外不同，城堡裡的人看到我比較不會驚訝。這或許代表熊熊布偶裝在城堡裡已經被大家接受了吧。

我到目的地後敲了敲房門。裡頭傳出女性的聲音。

「我是冒險者優奈。」

我這麼回答，房間裡就走出了一名二十歲出頭的女性。她是負責照顧芙蘿拉公主的安裘小姐。

「哎呀優奈大人，歡迎。」

「芙蘿拉大人在嗎？」

「是的，她在。」

安裘小姐笑著請我進房間。

「熊熊！」

注意到我的芙蘿拉公主跑了過來，抱住我的腰。我摸摸她的頭，她就露出了燦爛的笑容。

「芙蘿拉大人很喜歡優奈大人呢。」

「嗯！最喜歡了。」

她的笑容很真誠。

「安裘小姐，我帶了午餐過來，可以嗎？」

「是，沒問題。我會轉告料理長。」

現在料理長應該正在準備王室的午餐，其中也包括芙蘿拉公主的份。如果我帶芙蘿拉大人的午餐過來，那一份食物就會浪費掉。

所以我平常都會早點來，告訴人家不用準備芙蘿拉大人的午餐。

「代我跟料理長說聲抱歉。」

畢竟妨礙到料理長工作了，得個道歉才行。

「好的，我會確實轉達。不過，優奈大人先前給料理長的食譜讓他很高興，我想他應該不會生氣。」

「那就好。既然這樣，請妳把這個拿給料理長，這是我店裡的新商品。」

我從熊熊箱裡拿出莫琳小姐做的新品麵包，交給安裘小姐。

「好的，我明白了。那我先去找料理長，芙蘿拉大人就拜託您了。」

安裘小姐行了一禮便離開房間。

我看向芙蘿拉大人。

「芙蘿拉大人，妳餓了嗎？」

「嗯，我肚子餓了。」

「那雖然有點早，我們來吃午餐吧。」

我帶芙蘿拉大人到房間裡的桌子邊，芙蘿拉大人很高興地坐到椅子上。我把麵包拿出來一一擺在芙蘿拉大人面前。因為是剛出爐的，麵包散發出很棒的香氣。

「我可以吃嗎？」

芙蘿拉大人雙眼發亮地看著麵包。

「妳可以選喜歡的來吃喔。可是在吃之前，要先把手擦乾淨。」

我用濕毛巾幫芙蘿拉大人擦手。

芙蘿拉大人正在煩惱要選哪個麵包來吃時，有敲門聲響起，我都還沒有回應，房門就打開了。走進房間的是熟悉的面孔。

統治這個國家的國王和艾蕾羅拉小姐，另外還有一名我不認識的美麗女性。從服裝看來，她並不是傭人。她穿著一襲寬鬆的漂亮衣服，看起來實在不像是工作的打扮。真要說的話，她的地位似乎比較接近艾蕾羅拉小姐。

「哎呀，真的有熊熊呢。」

看來這位女性知道我是誰。

「母親大人。」

芙蘿拉大人一看到這名女性就從椅子上跳下來，帶著滿臉笑容朝女性快步跑去。

母親大人？既然是芙蘿拉大人的母親，就表示她是王妃殿下吧。

女性溫柔地抱住芙蘿拉大人。兩人的臉靠在一起，就會發現王妃的五官和芙蘿拉大人很相似。芙蘿拉大人長大以後也會變成這種美女嗎？我覺得王妃的胸部好像也很有料。

我正盯著王妃殿下看的時候，注意到我視線的王妃殿下就帶著芙蘿拉大人一起走近我。

「初次見面，我是這孩子的母親，我叫做凱媞雅。我聽這孩子說過關於熊熊的事。」

她看著女兒的臉向我打招呼。

「我叫做優奈。」

「優奈呀。我也可以跟妳們一起聊聊嗎？我經常聽女兒說關於熊熊的事，一直很想見見妳呢。」

我無法拒絕，也沒有理由拒絕，國王和艾蕾羅拉小姐甚至已經坐到椅子上了。我總是很想問他們：「你們不用工作嗎？」

「話說回來，妳真的打扮成熊的樣子呢。」

「是……」

我忍不住用不乾脆的口氣回應。

「很可愛的打扮呢。」

「很可愛！」

芙蘿拉大人還模仿王妃殿下。然後，芙蘿拉大人抱住了我。

「軟軟的。」

她用臉磨蹭我。

「呵呵，她很黏妳呢。」

我帶著芙蘿拉大人走到桌邊時，國王和艾蕾羅拉小姐已經在選麵包了。

「這些麵包看起來真好吃。」

「是呀。要選哪一個呢？」

「我姑且問一下，你們是來做什麼的？」

王妃殿下是來見我的。可是，這兩個人應該沒有事要找我才對。

「當然是因為妳來了啊。」

「除此之外也沒有別的理由了。」

國王和艾蕾羅拉小姐這麼說。這算什麼理由？

然後國王拿起我帶來的麵包，擅自吃了起來。

「真好吃。」

「國王陛下吃平民拿來的食物沒關係嗎？」

「現在這麼說也太遲了。要是妳有那個意思，就算不下毒也能輕鬆拿下我的首級吧。」

「可是，王室不是本來就應該注意安全嗎？而且這些麵包是我要給芙蘿拉大人吃的，請不要擅自吃掉。」

「我想吃這個。」

芙蘿拉大人拿起上面有融化起司的麵包。

「那個看起來也很好吃呢。」

「父親大人要吃嗎?」

芙蘿拉大人歪著頭，向國王遞出麵包。

「呵呵，不用了。我還在吃這一個。」

國王高興地摸摸芙蘿拉大人的頭。

「那麼，我可以吃這個嗎?」

王妃殿下拿起雞蛋三明治。

「喜歡什麼就拿去吃吧。」

「為什麼妳對她跟對我的態度差這麼多?」

就算是我也不會對第一次見面的人失禮。更何況對方是王妃殿下。

「那我也吃一樣的好了。」

艾蕾羅拉小姐和王妃殿下一樣拿了雞蛋三明治。

大家正在吃東西的時候，敲門聲響起。原來是安裘小姐端飲料回來了。

而且不知道為什麼，杯子的數量剛好符合現場的人數。

「謝謝妳總是對我女兒這麼好。」

「不會，能逗她開心，我也很高興。」

「話說回來，妳的熊熊打扮真的很可愛呢。芙蘿拉都會跟我說『熊熊很可愛』喔。」

一想到她們母女聊天時會提到我，就讓我有點不好意思。雖然我想阻止芙蘿拉大人，但又不忍心叫她不要說關於我的事。

「話說回來，妳做的事還真有趣。」

我不懂國王在說什麼，所以咬著麵包露出疑惑的表情。

「我是說隧道和密利拉鎮的事情。前幾天克里夫一臉倦容地跑來跟我報告了。」

國王笑著說道。

「克里夫還在王都嗎？」

「他已經回去了，還一邊抱怨工作堆得像山一樣高呢。」

艾蕾羅拉小姐回答我的疑問。

「領主的工作也真是辛苦。」

「瞧妳說得好像事不關己似的。」

真的不干我的事嘛。

「如果克里夫累倒了，妳可要負責喔。」

「那要不要把隧道填起來？」

那樣的話，克里夫就不用工作了。

「身為國王，我可不能允許。只能請克里夫再加把勁了。」

「既然這樣，就請國王陛下負責吧。」

我成功把責任轉嫁到國王身上了。

「哎呀，既然這樣，我也回去克里莫尼亞幫先生的忙好了。」

「這當然不行。我會派人手到克里莫尼亞，在那之前就請現在在那裡的人繼續加油吧。」

「哎呀，是嗎？我還以為可以回去了。」

艾蕾羅拉小姐表示遺憾。

我在芙蘿拉大人面前擺上鬆餅，再淋上滿滿的蜂蜜。

「熊熊，這是什麼？」

「這是鬆餅，很好吃喔。」

芙蘿拉大人用小小的手握住叉子，吃下沾滿蜂蜜的鬆餅。

因為大人們的視線都眼巴巴地望著鬆餅，所以我同樣招待他們。

芙蘿拉大人也滿足地吃完鬆餅，於是我拿出第二樣禮物。

「芙蘿拉大人，這個送給妳。」

我遞出一本書。

書的標題叫做《熊熊與少女　第二集》。

「是熊熊的書耶～」

芙蘿拉大人很高興地收下了。芙蘿拉大人接過書的時候，站在後面的安裘小姐往前彎腰，伸長脖子看著那本書。

「安裘小姐？」

「沒事。」

什麼沒事，妳看起來很在意耶。

「那是之前那一本繪本的續集嗎？」

「芙蘿拉大人好像很喜歡，所以我試著畫了續集。」

「妳還真是多才多藝。當冒險者是一流，用魔法也是一流，也很會做料理，連繪本都會畫。」

「畫圖只是興趣啦。」

世界上有很多比我更會畫畫的人。

「對了，我想拜託妳一件事。」

「什麼事？」

「我可以複製妳畫的繪本嗎？有很多人都想要，到處都有人在問。要不然，在全國販售也可以喔。」

「你說想要，是誰想要呢？」

這本繪本在全世界只有一本。應該不會有其他人知道它的存在才對。

「主要是在這座城堡工作的媽媽。最近也有看到繪本的男人想要幫小孩要書。」

就像是要證明國王說的話，安裘小姐不斷在芙蘿拉大人的背後偷看繪本。

「優奈的畫很令人印象深刻呢。所以，才會有這麼多人想要。我也有遇到好幾個人來問我關於繪本的事。」

「可是，為什麼大家都知道我送給芙蘿拉大人的繪本？」

我以為這個房間應該只有安裘小姐能進來。

「那是因為芙蘿拉總是很高興地把書帶著跑啊。」

「是嗎？」

「天氣好的時候，芙蘿拉大人還會在庭園等地方唸給傭人聽。」

安裘小姐回答了我的疑問。不過，原來芙蘿拉大人還會做那種事啊。

既然對象是芙蘿拉大人，我實在不忍心阻止她。她現在也很開心地唸著我畫的繪本。

「而且如果一直拿來拿去，好不容易畫好的繪本也會破損吧。只要拿複製的繪本就不用擔心了。」

艾蕾羅拉小姐提出一個複製繪本的理由。如果經常帶著走，書本的確會破損。

我辛苦畫好的繪本如果掉頁，沒辦法看的話我會很傷心。不過只要複製起來，就可以好好保存。

我小時候就曾經弄丟重要的東西，弄髒喜歡的布偶。

「既然如此，那好吧。」

我這麼回答，站在芙蘿拉大人後面的安裘小姐就露出了開心的表情。

「可是，書只能發給城堡裡面的人喔。」

看到別人在看自己的繪本會讓我很不好意思，所以我只想發給城堡裡面的人。

「為什麼？在全國販售一定可以大賣喔。」

「可是自己的作品在全國上下流傳，感覺很丟臉耶。」

「現在說這種話也太晚了吧。妳都穿著這麼丟臉的衣服了。」

這種打扮在異世界果然也很丟臉嗎？

最近因為其他人都很正常地跟我相處，我還以為大家都能接受了呢。

「優奈的打扮才不丟臉呢。這樣很可愛。」

「熊熊很可愛。」

「是呀，非常可愛喔。」

艾蕾羅拉小姐、芙蘿拉大人和王妃殿下三個人都幫我說話，但是為什麼我一點也不開心呢？

如果是像芙蘿拉大人一樣的小女孩，說不定很適合熊熊服裝。下次帶一件店裡的熊熊外套過來好了。

王妃殿下應該會很高興，說不定也可以開國王的玩笑。

總而言之，我的繪本決定要量產了。

「做好的書也可以分給我一些嗎？」

機會難得，拿去給孤兒院的孩子們閱讀也好。孤兒院有一些還看不懂字的小孩子。既然如此，我覺得讓他們透過我辛苦畫好的繪本來學習認字也不錯。

「是可以。大概需要幾本？」

「十本左右應該就夠了。」

「要那麼多做什麼？」

「既然別人那麼喜歡，我也想給孤兒院的孩子們讀讀看。」

「這樣啊，我知道了。艾蕾羅拉，交給妳了。」

「我馬上委託。」

我的繪本確定要在限定區域（城堡）販售了。

113 繪本 熊熊與少女 第二集

小女孩今天也要照顧生病的媽媽。

因為有拿到藥草，媽媽的病情稍微好起來了。

這都是多虧了熊熊。

為了幫媽媽做藥，小女孩今天也要去森林。

小女孩來到森林，呼喚熊熊。

「熊熊，熊熊。」

過了一陣子，熊熊從樹木的後面走出來了。

熊熊會陪小女孩一起去採藥草。

只要有熊熊在，森林裡就安全了。

熊熊載著小女孩，帶她去有藥草的地方。

「妳媽媽過得好嗎？」

熊熊這麼問。

「嗯，因為有熊熊幫忙，媽媽沒事喔。」

熊熊會說話是牠和小女孩之間的祕密。
「熊熊，謝謝你常常幫我。」
小女孩很高興地抱住熊熊。
熊熊加快速度回應小女孩。
然後，他們一下子就到了有藥草的地方。
小女孩從熊熊身上爬下來，開始摘藥草。
今天也採到了好多藥草。

有一次，小女孩聽到一個傳聞。
聽說在遙遠的北方山上，有一種會發出彩虹色光芒的花。
只要喝下這種花上面的露水，似乎可以治好所有的病。
小女孩心想，那說不定也可以治好媽媽的病。
可是，聽說那種花長在遙遠的村子裡非常危險的地方。
有很多人都去找過，可是都找不到。
世界上真的沒有那種花嗎？

某一天早上，媽媽變得很痛苦。

雖然吃了藥，卻還是不斷咳嗽。媽媽很痛苦地按著胸口。

小女孩的妹妹抱住媽媽。

「媽媽！」

媽媽慢慢睜開眼睛。

「對不起。對不起。」

然後不知道為什麼，媽媽開始道歉。

小女孩不知道為什麼媽媽要道歉。

「對不起。對不起。」

可是，媽媽一直道歉，一直道歉。

媽媽，為什麼要說對不起？

後來，媽媽沒辦法下床了。

就算這樣，小女孩還是會去幫媽媽採藥草。

因為這是小女孩唯一可以替媽媽做的事。

「熊熊，媽媽的病已經不會好了嗎？」

小女孩就快哭出來了。看到她這個樣子，熊熊溫柔地抱住她。

熊熊很溫暖，讓小女孩很安心。

「熊熊，你知道彩虹色的花嗎？」

熊熊搖搖頭。

小女孩把自己聽到的傳聞告訴熊熊。

「聽說北方的山上長著彩虹色的花。聽說那種花很漂亮，上面的露水可以治好所有的病。如果有那種露水，媽媽的病是不是也可以治好呢？」

小女孩握緊放在口袋裡的小瓶子。

然後過了幾天，小女孩跟平常一樣來到森林裡。

結果，小女孩看到森林裡放著很多藥草。

「熊熊？」

小女孩呼喚熊熊。

「熊熊！熊熊！」

可是不管怎麼叫，熊熊就是沒有出來。

「熊熊！熊熊！」

不管等多久，熊熊都沒有出現。

小女孩覺得很悲傷。可是，小女孩一定要帶藥草回家才行。

小女孩帶著放在森林裡的藥草回家了。

後來，小女孩每天都會到森林裡。

不管是晴天、陰天還是雨天，小女孩都會去森林裡等熊熊。

可是不管小女孩叫了幾次、等了多久，熊熊都沒有出現。

「熊熊……」

後來，小女孩的媽媽連話都說不出來了。

痛苦的次數也變多了。

小女孩抱著妹妹，向神明祈禱。

神啊，請救救我的媽媽。

就算要拿走我的生命也沒關係，請救救我的媽媽。

小女孩隔天也去了森林。

她的眼睛哭得紅紅腫腫的。

今天的小女孩已經沒有力氣呼喚熊熊了。

熊熊消失不見，媽媽的病也治不好。

小女孩的心裡浮現出進入森林尋死的念頭。

「熊熊，我好累了。」

這個時候，森林深處的草叢發出搖晃的聲音。

「熊熊！」

不對。出現的是野狼。

小女孩已經沒有力氣逃跑了。

她覺得就算死在這裡也無所謂了。

可是，小女孩的腦海中浮現媽媽和妹妹的臉。

「對不起。」

小女孩在不知不覺中這麼說。

那個時候，媽媽也許就是用現在這種心情道歉的吧。

我要死掉了，對不起。

小女孩想像到妹妹哭泣的樣子。

「對不起。」

小女孩對哭泣的妹妹道歉。

野狼愈靠愈近。就在小女孩覺得快要結束的瞬間，有什麼東西從旁邊跳出來了。

是熊熊。

熊熊撲向野狼，把野狼趕跑了。

「熊熊！」

小女孩抱住熊熊。

「熊熊，熊熊，熊熊，熊熊。」

小女孩叫了熊熊的名字好幾次。

小女孩流下眼淚。

「熊熊，熊熊。」

熊熊溫柔地抱住小女孩。

「熊熊，你跑到哪裡去了？」

仔細一看，熊熊的身上很髒，還受傷了。

「熊熊，你怎麼了？」

熊熊拿出一個小瓶子。

那是小女孩之前拿的小瓶子。

小女孩不小心把它弄丟了。

「熊熊，這是什麼？」

「把這個拿去給媽媽喝吧。」

「熊熊，你是去幫我拿藥的嗎？」

「希望妳媽媽可以好起來。」

「熊熊！」

小女孩抱住熊熊。

然後，她哭著不斷呼喚熊熊。

「熊熊，謝謝你。」

小女孩道了謝後，抓緊小瓶子開始奔跑。

小女孩一到家就看到妹妹哭泣的樣子。

「姊姊，媽媽她……」

小女孩抱緊妹妹。

然後，小女孩跑到媽媽身邊。

媽媽看起來非常痛苦。

小女孩打開小瓶子的蓋子，湊到媽媽的嘴邊。

小瓶子裡乾淨透明的液體流到媽媽的嘴巴裡。

之後，媽媽痛苦的表情漸漸緩和下來。

「媽媽！」

媽媽的眼睛慢慢睜開。

「媽媽！媽媽！」

小女孩和妹妹抱住媽媽。

媽媽溫柔地抱住小女孩和妹妹。

小女孩在心裡對熊熊道謝。

熊熊，謝謝你。

114 熊熊受艾蕾羅拉小姐所託

「對了，優奈。我也有一件事想拜託妳。」

聽完繪本之後，艾蕾羅拉小姐突然這麼說。

「優奈，妳很閒吧？」

艾蕾羅拉小姐用若有所指的笑容這麼問道。用這種笑容提出的請求絕對不懷好意。而且竟然說別人很閒，失禮也要有個限度。我也是有很多事情要忙的，例如睡午覺、陪菲娜和修莉一起玩、吃好吃的東西等等。

所以我的答案只有一個。

「不，我很忙的。」

「怎麼可以說謊呢？克里夫還跟我抱怨過『我忙得要死，優奈卻閒閒沒事』呢。」

可惡的克里夫，竟敢多嘴。

「我是冒險者，得去工作才行。」

因為是冒險者，所以我偶爾也得工作（殺時間）。

「那就沒問題了。因為這也是冒險者的工作。」

「我有開店，也要顧孤兒院。」

我必須到店裡露臉（為了吃好吃的東西），也要到孤兒院看看孩子們的情況（為了跟孩子們一起玩），所以很忙。

「我聽說妳都把店裡的事情和孤兒院交給其他人處理耶。」

「…………」

我的情報完全洩漏出去了。絕對是克里夫洩漏出去的。

夫妻要聊天的話，應該要聊女兒的事情而不是我的事吧。

「所以我想拜託妳……」

「我還沒說要答應耶。」

就算知道是徒勞，我還是試著抵抗。

「總之妳先聽聽看內容嘛。我想要拜託妳護衛學校的學生。」

「護衛學生？」

她說的話出乎我意料。

我還以為是打倒魔物之類的事情，看來似乎不是。

「再過一陣子，學校會舉辦學生的實習訓練。雖然說是訓練，其實沒有什麼大不了的。只是要到附近的村莊再回來而已。」

「就這樣？」

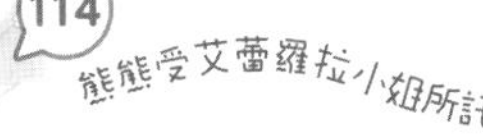

畢竟是艾蕾羅拉小姐的請求，我還以為會更麻煩，沒想到這麼簡單。

「是呀，就這樣。我希望妳在這段期間擔任學生的護衛。雖然我已經向冒險者公會提出委託了，但就是找不到能配合的冒險者。因為參加者大多都是富貴人家的子女，所以我想找到有一定實力的人。」

「既然這樣，何必讓學生去做那麼危險的事？」

「參加者畢竟都是成績優秀的人，所以還是做得到某種程度的防身。我希望妳可以在有意外狀況發生時保護他們。」

「這場活動的目的是為了讓學生了解王都外頭和輕率的行動有多麼危險，並理解護衛的重要性。」

國王幫艾蕾羅拉小姐的話作補充說明。

「旅行的辛勞、馬匹的管理、露宿野外的不便、魔物的可怕、對同伴的信任和旅行護衛之間的信賴關係。不管是哪一樣都可以，實習訓練就是要盡量讓他們學習到這些事。」

「我知道理由了，可是這不是學校分內的工作嗎？為什麼是艾蕾羅拉小姐招募冒險者？」

「哎呀，因為我負責處理學校的雜務呀。」

又是雜務。我記得她以前也說過自己是在城堡裡打雜的。艾蕾羅拉小姐的工作到底是什麼？

「我知道了，可是就算不找我，在實習訓練之前不是還有時間可以找人嗎？」

「我想要早點找到護衛嘛。而且適合當護衛的人可沒有妳想像得那麼好找喔，護衛要有實

力、有時間，而且能夠忍受貴族小孩的惡劣口氣。以前有學生對護衛惡言相向，被惹毛的冒險者就在途中丟包學生，自己回來了。」

「那學生呢？」

「有一個人受重傷，可是沒有生命危險。其他的成員都被嚇壞了。」

「那我也不行。要是有人對我惡言相向，我會把他打個半死再丟進哥布林的巢穴。」

我一定要穿著熊熊布偶裝才能擔任護衛，所以肯定會被人瞧不起。

如果有人對我口出惡言，我可不打算忍氣吞聲繼續護衛。

要是有小孩像克里夫所說的那種侵吞孤兒院津貼的貴族，我一定會丟下對方不管，也不會伸出援手。

「我女兒也會參加，所以希望妳可以揍個幾拳就放過人家。」

「希雅也會去嗎？」

「是呀，她會參加這次的實習訓練。那孩子畢竟也是貴族的女兒，要坐上高位的人有很多事情必須學習。」

她說得的確有道理。

「優奈應該也能接受希雅吧。」

如果是護衛希雅的話，我沒有問題。希雅認識我，應該不會看輕我。

「可是，參加的人不只有希雅吧？」

「是呀，大概要護衛四到五個人。」

這樣的話，我還是覺得會發生麻煩事。

「說到頭來，我這種女孩子當護衛，學生會接受嗎？既然要護衛希雅，就表示其他人不是跟我同年就是比我年長吧？」

一般來說，認為自己比同年孩子還優秀的學生，實在不太可能接受我這個同年的護衛。更何況我的身高還比同年的人更矮。

「我會用自己的權力讓他們接受，不用擔心。」

這個人竟然說什麼權力。艾蕾羅拉小姐的確是貴族，在城堡的工作似乎也有一定的地位。可是用權力硬是讓人家接受還是不好吧？

不過，這在屬於階級社會的這個世界說不定是理所當然的事。

「有艾蕾羅拉在應該就夠了，要不然我也可以說幾句。」

在一旁聽著的國王說起這種可怕的話。

國王的命令在我原來的世界就等於是總統或總理大臣的命令對吧？那樣一來，學生就不能拒絕了。

「哎呀，好像很有趣。我也來幫忙說幾句話好了。」

就連王妃殿下都這麼說。

「我也要說～」

因為父母都這麼說，連芙蘿拉大人都開始模仿了。有三個糟糕的大人在，對芙蘿拉公主的教育可能會有負面影響。

「就算不找我或冒險者當護衛也沒關係吧，城堡裡不是還有騎士和魔法師嗎？找那些人當護衛不就好了？」

「那樣就不好…………不是啦，那樣就失去考試的意義了。」

這個人剛才差點說出不好玩耶，她一定是在等著看好戲。

「學生之中也有人的父母是在城堡工作，這樣的話就不能看到他們真實的反應了。」

這是剛剛才想到的理由吧，一定是吧。

「而且，這場活動每年都是僱用冒險者，沒辦法更改。」

我愈聽愈覺得麻煩。

「所以，優奈，拜託妳。我們會照實支付酬勞的。」

「太麻煩了，請容我拒絕。」

對於無論如何都不願點頭的我，艾蕾羅拉小姐提出不同的條件。

「既然這樣，就算我欠妳一次怎麼樣？雖然我自己這麼說有點怪，但是可沒有人能讓我欠人情喔。」

雖然我覺得這個提議很有趣，但我根本沒有什麼事情要拜託艾蕾羅拉小姐。

要問艾蕾羅拉小姐的祕密嗎？

雖然這麼做也不錯，但是感覺有點恐怖。

「這比克里夫的人情還要有價值喔。」

竟然比身為領主的克里夫還要有價值，我真的很想問艾蕾羅拉小姐到底是何方神聖。

「我知道了，下不為例喔。可是，我有一個條件。」

「妳是說把學生打個半死的許可嗎？可是，不可以把人丟到哥布林的巢穴裡喔。」

「不是。」

「那是什麼？」

「請叫希雅在一旁協助我。」

「協助？」

「為了防止我發飆。」

「呵呵，了解。我會把這一項也加進測驗裡。」

艾蕾羅拉小姐笑著接受我的條件。好吧，有希雅在應該沒問題吧。

「所以，具體來說到底要做些什麼？」

既然是護衛，保護他們就行了嗎？

「基本上是確保學生的人身安全，另外就是回報學生的行為舉止。」

「回報？」

「比如說我女兒在紮營的時候偷懶，或是自己一個人去打倒出現的魔物、沒有遵守負責護衛

的優奈下達的指示等等，只要回報這種消息就可以了。」

回報學生的行為啊，感覺好像監考官喔。只不過，負責評分的是聽我報告的老師就是了。

「另外，如果有人對妳口出惡言，也請妳告訴我們。這種行為會被扣分。」

這種情況應該不少。

「有魔物出現的時候要怎麼處理？」

「基本上只在一旁觀看，如果有危險再出手相助。」

「學生可以應付到什麼程度？一百隻哥布林可以嗎？」

「只有優奈才可以應付那麼多啦。魔物的數量比護衛人數多時由妳來處理，如果數量相同就在一旁看著，畢竟自我防衛也是實習訓練的項目之一。我想應該不會遇到，但如果有下級魔物以外的魔物出現，還是要請妳保護學生。」

呃，我記得哥布林和野狼是下級吧。那半獸人呢？

算了，這種問題只要問希雅就知道了吧。

之後，我向艾蕾羅拉小姐問了實習訓練的日期等資訊。

我接下了這份委託，不知道有沒有問題。

雖然有點不安，但也沒辦法。

事情談完以後，艾蕾羅拉小姐跟芙蘿拉大人借了《熊熊與少女　第一集》的繪本，離開了房間。

艾蕾羅拉小姐的工作真的大多是打雜。可是她又和國王那麼親近，真是個深不可測的人。

國王和王妃殿下都離開了房間，只留下我和芙蘿拉大人與安裘小姐。可是，我也要和芙蘿拉大人道別，回家去了。

「那麼，我還會再來的。」

「熊熊，謝謝妳送我繪本。」

芙蘿拉大人很高興地抱著新的繪本。

「妳這麼高興，我也很開心喔。」

「今天真的很謝謝您來看芙蘿拉大人。」

安裘小姐低頭行禮。

「另外，優奈大人，也很謝謝您答應了繪本的事。」

「安裘小姐果然也想要啊。」

她一直在旁邊偷瞄芙蘿拉大人拿的繪本，所以我一看就知道了。

「是的，您的畫非常可愛，芙蘿拉大人給我看的時候，我就一直想要拿給女兒看看。」

「原來妳有女兒啊。她幾歲？」

「是，她和芙蘿拉大人同年。也因為如此，我才能擔任芙蘿拉大人的奶媽。」

「既然這樣，雖然沒有繪本，這些就送給妳女兒吧。」

我拿出布丁和很受歡迎的麵包。

「我可以收下嗎？」

「布丁要先冰過再吃喔。麵包放在常溫下就可以了。」

「真的很謝謝您。」

我走出城堡，先在王都買了一些東西才回到克里莫尼亞。

我在王都果然很引人注目。

115 熊熊和姊妹一起出門

從王都回來後過了幾天，我聽說隧道已經完成到一定程度，所以打算今天去密利拉鎮。這是為了取得某種食材。

一個人去就太寂寞了。我想起菲娜曾說過想去看海，於是前往孤兒院邀請她。

基本上，菲娜和修莉兩個人會在各種地方幫忙工作。

她們會在孤兒院照顧小小孩、跟孤兒院的孩子一起養咕咕鳥、到「熊熊的休憩小店」幫忙、肢解我的魔物，根據當天的情況做著不同的工作。

不管怎麼樣，我決定去孤兒院尋找應該知道她們在哪裡的堤露米娜小姐。

我來到雞舍，看到孤兒院的孩子們正在撿蛋。

他們把蒐集起來的蛋用水洗乾淨，再放到我用土魔法做成的蛋盒裡。

「大家早安。」

「熊姊姊！」

「早安。」

「大姊姊！」

我出聲打招呼，大家就高興地湊了過來。

大家似乎都有認真工作。他們小心翼翼地用手捧著蛋，餵鳥、打掃雞舍，各自做好能力範圍內的工作。莉滋小姐會根據孩子的能力分配適合的工作。力氣大的人搬重物，擅長照顧鳥兒的孩子就照顧鳥兒。大家都是好孩子。這都是多虧有院長和莉滋小姐的教育。

孩子們失去了父母或被父母拋棄，都曾經覺得全世界都不需要自己。孩子們現在可以活得這麼健康快樂，毫無疑問是她們兩人的功勞。

莉滋小姐朝我走過來。

「優奈小姐，早安。」

「莉滋小姐，早安。孩子們都還好嗎？」

「大家都是好孩子，沒什麼問題喔。他們都知道要怎麼做才能填飽肚子。」

教會他們這件事的正是莉滋小姐。

「如果人手不夠或是還需要什麼，請告訴我喔。」

「不用了。因為有優奈小姐在，孩子們和我都很幸福。要是再要求更多會遭天譴的。」

莉滋小姐用真的很幸福的笑容回答。

「別這麼說，請一定要告訴我喔。要是院長和莉滋小姐有什麼萬一，那就糟糕了。」

我這麼說並不誇張，如果沒有她們兩個人，孤兒院真的會很辛苦。她們就像是孩子們的母親和姊姊，是重要的家人。要是她們發生什麼事就糟了。

「如果遇到什麼問題，真的要告訴我喔。」

我再三叮嚀莉滋小姐，然後前往雞舍隔壁的小屋。堤露米娜小姐在裡面數蛋，菲娜和修莉也在她旁邊幫忙。

看來她們今天是在孤兒院。

「優奈，妳怎麼會這麼早來孤兒院？」

我基本上都是早上去準備開門的店裡露個臉，吃過早餐後才過來孤兒院。我很少一大早就來到這裡。

「我是來找堤露米娜小姐借菲娜的。」

「哎呀，既然是優奈要借，隨時都可以喔。」

「媽、媽媽！」

「呵呵，對了，為什麼要找菲娜？」

堤露米娜小姐被菲娜捶打，並這麼問道。

「我要出門一下，但一個人太寂寞了，所以想找她陪我。」

「優奈姊姊要去哪裡？」

「我想去密利拉鎮。」

密利拉鎮的事情已經在克里莫尼亞傳開了。當然了，菲娜她們也知道。

「菲娜不是很想去嗎？」

菲娜很猶豫地看著堤露米娜小姐和修莉。她的臉上寫著很想去。

「不用擔心這裡，妳去吧。」

「可是……」

因為有工作，她似乎不太放心。

「沒關係啦，媽媽平常都是一個人工作的。」

「謝謝媽媽。」

菲娜高興地抱住堤露米娜小姐。

「那麼，我就借走令嬡了。」

「不嫌棄小女的話，隨時都可以帶走她。」

「媽媽！優奈姊姊！」

菲娜一臉害羞地大叫。

「姊姊好好喔。」

修莉有點不開心地看著我們。

哎呀，把修莉留下來就太可憐了。

「堤露米娜小姐，我也可以帶修莉去嗎？」

「會不會太麻煩妳了？」

堤露米娜小姐擔心地看著修莉。

「我不會添麻煩的。」

修莉微微嘟起嘴巴，這麼主張。

「既然這樣，要不要一起去？」

「可以嗎？」

修莉聽到我說的話，露出開心的表情。

總是只帶菲娜出去的話，修莉太可憐了，而且這次也沒有危險。帶她去應該也不會有問題。

「優奈，修莉也可以跟妳去嗎？」

「可以啊。」

「妳們兩個不可以給優奈添麻煩喔。」

姊妹倆很開心地點點頭。

這樣一來，我就得到取得某種食材的勞動力了。

「那麼，我會帶她們出去幾天，堤露米娜小姐就跟根茲先生兩個人獨處吧。」

他們雖然結婚了，但還有菲娜和修莉在，應該沒機會獨處。我總是受到堤露米娜小姐的照顧，偶爾也要報恩一下，不然就太不公平了。

「優奈……………」

堤露米娜小姐低下漲得通紅的臉。

我決定馬上出門，於是離開小屋。因為沒有特別需要準備的東西，我們就直接出發了。姊妹倆看起來很高興。

「姊姊、優奈姊姊，快點嘛！」

修莉跑在前方，菲娜則追在她後面。

好了，要怎麼去密利拉鎮呢？雖然修莉也在，還是用傳送門移動好了。就在我這麼想的時候……

「優奈姊姊，我們要騎熊熊過去嗎？」

修莉雙眼發光地問我。

「妳想騎熊熊嗎？」

「嗯。」

她客氣地點點頭。

我有讓修莉看過也騎過熊緩牠們，但是從沒有騎著熊緩牠們外出過。

「那我們就騎熊熊過去吧。」

「嗯！」

修莉露出滿臉笑容。我帶著姊妹倆來到城外，然後召喚出熊緩和熊急。

「是熊緩耶～」

修莉跑向熊緩並抱住牠。熊緩坐到地面上，任修莉撫摸。

「修莉，要走了喔。快點坐上去。」

菲娜推著妹妹騎上熊緩，自己也騎上去。兩人都坐好之後，熊緩慢慢站了起來。

「哇啊，好高喔。」

坐在熊緩背上的修莉看起來很高興。

「修莉，不要亂動。這樣熊緩很可憐。」

「對不起。對不起喔，熊緩。」

修莉邊說著，邊撫摸熊緩。看到她們姊妹倆感情這麼好，感覺好溫馨。我也騎上熊急，朝密利拉鎮出發。

因為修莉是第一次出去旅行，所以我們前進的速度很慢。修莉很高興可以騎熊緩，很有精神地嬉鬧著。菲娜則一直在後面努力叫她安靜下來。

「熊緩，再跑快一點嘛。」

熊緩叫了一聲「咿~」，然後稍微加快速度。

「好快喔，好快喔。」

「修莉，這樣很危險，不要亂動。」

菲娜告誡興奮不已的修莉。

可是，再興奮也撐不了太久。修莉漸漸安靜下來，開始打瞌睡。

熊緩的身上很溫暖，就像高級毛毯一樣，在上面單調地搖晃很舒服，會讓人昏昏欲睡。

「菲娜，我要稍微加速了喔。」

「好。」

雖然就算睡著也不會摔下去，但菲娜還是小心地抱著修莉，以免她掉下去。

熊緩牠們加快速度。

「這裡是……」

修莉揉揉眼睛，環顧四周。

「再過一陣子就到隧道了喔。」

「隧道？」

「我有聽說過。聽說山上挖了一條很大的隧道，通過隧道就可以到海邊。」

「海邊？已經到海邊了嗎？」

修莉左顧右盼。

「應該還要再走一段路。」

我們來到通往隧道的森林，發現森林已經開拓完畢了。以前過來的時候要穿過森林才會看到隧道，現在隧道前的樹木已經被砍掉，整地完成了。道路的寬度也足夠供馬車通過。

我叫熊急慢慢走，讓我看清楚四周。這裡的土地整理得很乾淨，可能有魔法師來幫忙吧。

遠方有砍倒樹木的聲音傳來。愈接近隧道，就可以看到一些人。他們可能是克里莫尼亞城的居民，有些人一看到我就揮手打招呼。看到他們這麼做，修莉也用力揮揮手，看起來很溫馨。

我們抵達隧道。隧道附近的整地作業進行得最快。周圍的樹木已經消失，還蓋了類似小屋的建築物。

而這裡最醒目的就是站在隧道旁的熊熊石像。Q版的熊拿著一把劍，站著守護隧道。

「有熊熊。」

「是熊熊耶。」

修莉從熊緩身上跳下來，跑向熊熊石像。

「優奈姊姊，這是什麼？」

「菲娜，什麼都別問。」

我這麼拜託，她就真的什麼都不問了。菲娜的體貼讓我很高興。

我們在熊熊石像前吵吵鬧鬧的時候，有人從小屋裡走出來了。

「我還在想怎麼會這麼吵，原來是熊姑娘啊。妳怎麼會跑來這裡？」

「我想去密利拉鎮一趟。我有克里夫的許可，可以通過隧道嗎？」

我的公會卡可以永久免繳隧道的通行費。

因為有熊熊傳送門，我想使用頻率應該不高，但也沒有理由拒絕，所以我就接受了。

「我聽克里夫大人說過了。不過，隧道裡的魔石還沒有全部裝好，有些地方很暗喔。如果妳

可以接受的話就過去吧。」

「我會用魔法，沒關係。不過，你是聽克里夫說的嗎？」

「我畢竟是負責監督這裡的人。克里夫大人說過如果熊姑娘過來，就要讓妳通過。」

既然這樣，我就心懷感激地通過吧。

「還有一件事，裡面還有正在工作的工人，妳經過的時候不要嚇到他們了。突然有熊從背後出現，他們會怕的。」

突然有熊出現的確會嚇到人。

我們進入隧道之中。一開始的路程每隔一定的距離就裝著一顆光之魔石，所以很明亮。

除了光之魔石，另外也有綠色魔石和褐色魔石呈等距排列。要裝這麼多魔石，的確很花錢。

修莉可能是覺得隧道很稀奇，不斷在隧道裡面東張西望。

我們騎著熊緩牠們跑了一段路，燈光就消失了，通道深處是一片黑暗。

我們放慢速度前進，遇到了正在裝設魔石的人。

「什麼東西！」

「熊！」

注意到我們的作業員轉向我們。

「不對，是熊姑娘。」

「別嚇人啊……」

我不認識對方，對方卻認識我的感覺真奇怪。

當藝人或名人應該就是這種感覺吧。

「熊姑娘，妳要繼續往前走嗎？」

「是啊，我可以通過嗎？」

「嗯，可以是可以，不過前面就跟妳看到的一樣很暗喔。」

「沒關係，我會用魔法。」

我做出一顆熊熊光球。

「這樣啊，不過，前進的時候要小心喔。」

「謝謝提醒。」

我道了聲謝，菲娜低頭行禮，修莉則揮揮手和作業員道別。

熊熊光球照亮著前方的路。

修莉可能是看膩了同樣的景色，又開始進入打瞌睡模式。

我加快速度，往隧道的出口前進。

然後，看到遠方有小小的光線。

「菲娜，我看到出口了，把修莉叫醒吧。一出隧道就可以看到海了。」

菲娜搖搖修莉。

「姊姊？」

修莉揉著眼睛醒來。

「到出口了喔。好像馬上就可以看到海了。好了，快起床吧。」

「嗯。」

修莉這麼回應後，往前看去。

熊緩和熊急跑出隧道。

116 熊熊找到員工

一離開隧道，就可以看到樹木被砍伐掉，遠方則有湛藍的大海。這一側的隧道附近也已經完成砍伐作業，變成了一片平地。

「那就是海嗎？」

「海？」

兩人從熊緩身上下來，看著遠方的藍色海洋。

今天天氣很好，晴空萬里，遠方的海面也清晰可見。

幸好今天是晴天。如果第一次見到的大海是天空一片灰濛濛、飄著雨，甚至有強風大浪的話，她們的心裡搞不好會留下陰影。

我們三個人正在欣賞美麗的海洋時，有人來搭話了。

「是熊姑娘嗎？」

我望向聲音傳來的方向，有一名男性從類似小屋的建築物裡走了出來。

「呃……」

我沒見過他。

116 熊熊找到員工

「我是密利拉鎮的人。妳們突然從隧道裡跑出來，嚇了我一跳。」

「好久不見？」

我歪著頭。

「只是我單方面認識妳而已，所以妳不用在意。對了，妳怎麼會來這裡？」

「我帶這些孩子來看海。」

我把熊熊手套玩偶放在菲娜和修莉的頭上。

「看海嗎？海有什麼好看的嗎？克里莫尼亞的領主大人也這麼說過，可是海真的值得特地大老遠跑來看嗎？我實在不太能理解。」

「那是因為你每天都在看海的關係啦。對沒有看過海的人來說，這種景色很令人感動呢。」

「是嗎？」

男人似乎無法理解。

就算是漂亮的景色，每天看也會膩嗎？

「妳們兩個覺得海看起來怎麼樣？」

「是，海真的很大！」

「很漂亮。」

「這樣啊。妳們這麼說，我也有種被誇獎的感覺，真令人高興。謝謝妳們喔。」

我們和男人道別，一邊悠閒地欣賞風景一邊往城鎮前進。

菲娜和修莉兩個人一直在熊緩的背上看著大海。

「稍微走近一點吧。」

我叫熊緩牠們往海灘前進。

來到沙灘上，兩人從熊緩身上爬下來，走向水邊。

「好大喔。」

「這些全部都是水嗎？」

「是鹽水喔。」

「鹽嗎！」

兩人緩緩走近海。

「小心不要弄濕了喔。」

小小的海浪打向兩人。兩人在岸邊用手碰碰海水。

「好涼喔。」

兩人舔了一下手上的海水。

「真的鹹鹹的耶。」

「姊姊，好鹹喔。」

姊妹倆吐著舌頭跑回來，於是我從熊熊箱裡拿水出來給她們漱漱口。兩人喝過水以後，再次走向海邊。

要是繼續玩下去，太陽就要下山了，所以我把兩人叫回來。

「好了，在天色暗下來之前到鎮上吧。」

兩人應了一聲，回到我身邊。

我們騎上熊緩和熊急，朝城鎮出發。

跟克里莫尼亞城那一側一樣，密利拉鎮這一側的隧道入口也開拓了不少。通往城鎮的森林被砍伐，修整成地。這裡到處都堆積著許多木材。工人會用那些木材來蓋房子嗎？

再繼續前進就看到了熟悉的圍牆。

既然可以看到圍牆，就表示會看到裡面的東西。

「優奈姊姊…………」

「是熊熊耶。」

看到圍牆內有熊的臉出現，修莉很高興。

「這該不會是優奈姊姊的房子？」

「真虧妳看得出來。」

我誇獎猜中的菲娜，她就用無言的眼神看著我。

「優奈姊姊，我們要住在熊熊的房子裡面嗎？」

「要住也是可以，不過有間旅館會提供好吃的餐點，我今天打算住在那裡喔。」

機會難得，我想要讓姊妹倆吃吃看迪加先生的料理。如果是住在我家，吃的東西就跟平常沒有兩樣了。

之後，我們很快便抵達密利拉鎮。

我召回熊緩和熊急，往大門的守衛走去。守衛一瞬間露出驚訝的表情，不過還是放我們進去了。

我走在鎮上的時候，到處都有人跟我打招呼。

「優奈姊姊好受歡迎喔。」

「優奈姊姊好厲害。」

因為很不好意思，我快步走向迪加先生的旅館。

我們走進旅館，裡面還是一樣空蕩蕩的。

海路和幹道都已經可以通行了，照理說應該有人在才對。

「歡迎光臨。請問要住宿嗎？…………優奈小姐！」

「好久不見。」

正在打掃的安絲看到我便露出驚訝的表情。

「優奈小姐，妳怎麼會來？」

「我帶這些孩子來看海，還有就是來找想要的食材。」

我介紹站在我背後的兩人。

「我是菲娜。」

「我是修莉。」

兩人微微低下頭。

「好可愛的孩子們。」

「對了，我們是來住宿的，可以嗎？」

「嗯……優奈小姐應該也知道，為了開發隧道附近，克里莫尼亞有很多人過來這裡幫忙。因為這樣，現在房間都客滿了。」

「意思是不能住宿嗎？」

我還在想旅館怎麼空無一人，原來只是所有房客都去工作了啊。

「不好意思。優奈小姐幫了我們很多，我也想盡量配合。可是，優奈小姐。就算不住在這裡，妳不是還有那棟熊造型的房子嗎？」

她果然知道熊造型的房子。

「我想要請這些孩子吃迪加先生和安絲做的好菜。」

「既然這樣，請妳們留下來吃飯吧。我們會準備好吃的料理。」

「可以嗎？」

「這是我們的一點小心意。爸爸～現在可以出餐嗎？」

「我還在準備。」

「可是，優奈小姐來了耶。」

迪加先生發出很大的聲響，從後場跑出來。

「小姑娘過來了嗎？」

「迪加先生，好久不見。」

「歡迎妳來。這兩個孩子是妳的妹妹嗎？」

我們明明長得不像，他卻這麼說。

「不是啦。她們是我的救命恩人菲娜和她的妹妹修莉。」

「優奈姊姊！我之前就說不要這樣介紹我了吧。」

菲娜鼓起腮幫子生氣。

「抱歉，抱歉。可是，我又沒有說謊。」

「明明就是我被救了一命。」

「別管了，妳先自我介紹吧。」

「我叫做菲娜。優奈姊姊很照顧我。」

「我是她的妹妹修莉。」

兩人低頭行禮。

「我是迪加，是這間旅館的老闆。這是我的女兒安絲。」

「我是安絲。菲娜、修莉，多多指教喔。」

父女倆這麼打招呼。

「對了，我是想請這兩個孩子來吃迪加先生做的好菜，可以嗎？」

「當然可以了。快點坐下吧，我馬上做最好吃的菜來招待妳們。」

迪加先生特別秀出自己手臂的肌肉。

「爸爸……」

安絲傻眼地看著父親。可是，她的臉上帶著笑容。

「爸爸，我也來幫忙。」

「妳不是有事想請小姑娘幫忙嗎？自己好好拜託人家吧。」

迪加先生留下安絲，走進廚房。

她想拜託我什麼事呢？該不會是要取消來克里莫尼亞的決定吧。

「那個，優奈小姐。」

「什麼事？」

「關於開店的事情……」

「該不會是壞消息吧？」

「不，不是的。」

太好了，看來不是我想的那樣。可是，安絲有點難以啟齒似的垂下視線。

「那個，我有件事想拜託優奈小姐。」

「是什麼事呢？」

「優奈小姐，妳還記得那些被盜賊抓走的女人嗎？」

我當然記得。她們被盜賊殺死家人，失去了所愛的人，自己也遭遇到殘酷的對待。救出她們之後，我根本不知道該對她們說什麼才好。

「可以讓她們也跟我一起在妳的店裡工作嗎？只有我一個人也很辛苦，而且她們都是在這個鎮上長大的，會處理魚，也能幫忙做料理。比起一個人去，有認識的朋友在，我也比較高興…………」

安絲的聲音愈來愈小。

她應該是覺得自己正在為難我吧。

增加人手的話，人事支出也會跟著增加。因為父母經營旅館，她應該很清楚這一點。

不過，我可不會在意這種小事。可以找到會做料理的人，我反而很高興。

「可是，為什麼這麼問？」

「優奈小姐應該也知道，她們都失去了家人。繼續生活在這個鎮上會讓她們想起悲傷的回憶。可是就算想要離開鎮上，她們在其他城鎮也沒有認識的人，沒有錢也沒有工作。可是她們聽說我要去克里莫尼亞的事，就來拜託我了。」

既然是因為這樣，我就沒有理由拒絕了。

「可以啊。她們有幾個人？」

「可以嗎！」

「可以啊。我也覺得只有安絲一個人應該忙不過來。我當然打算找人來幫忙，可是我認識的人完全不了解魚蝦貝類，所以要從頭教起，我還在想這樣會對妳造成負擔。如果有會處理魚的人來工作，也算是幫了我大忙。」

「真的很謝謝妳。人數是四個人。」

「四個人啊。」

既然這樣，店裡應該沒問題了。如果可以請其中一個人去孤兒院幫忙就好了。

「太多了嗎？」

「不會啦。不過，到時候搞不好會請她們去做不同的工作。」

「不同的工作嗎？」

「我打算請妳當料理的負責人。所以，我會請別人負責管理錢和食材。一個人來做會很辛苦吧。」

「說的也是。開店不只是要做菜，也有管錢和進貨的工作呢。我們現在是爸爸負責管錢，使用的食材是哥哥捕到的魚，今後我就要自己來了呢。」

「其他像是蔬菜和肉類的食材，克里莫尼亞都有會處理的人，所以妳不用擔心。如果要處理海鮮，要是不懂也沒得幫忙，因為不知道妳需要什麼樣的食材。所以，我會請她們分工合作。如果有人不幫妳，把工作都推給妳做的話，我會把她趕出去喔。這一點我是絕對不會退讓，因為對我來說安絲最重要。」

「優奈小姐……謝謝妳。可是，我想應該不需要擔心。她們都是好人。」

安絲用笑容回應我的擔心。

「那麼，我去幫爸爸的忙了。」

安絲很高興地道謝，然後走進廚房。

過了一陣子，廚房飄來美食的香氣。迪加先生把料理端了過來。

「讓妳們久等了。我聽安絲說了，其他人和我女兒就拜託妳了。」

「我要帶走你女兒嘍。」

我這麼開玩笑。

「好，帶她走吧！順便幫我找個會做菜的女婿。」

「爸、爸爸！」

安絲滿臉通紅地捶著迪加先生。

她在這個鎮上沒有男朋友嗎？如果有，對方就太可憐了。可是根據剛才的對話，似乎是沒有。

她明明長得漂亮，又會做菜。不過，安絲交不到男朋友的原因說不定就是出在她旁邊的肌肉男身上。

117 熊熊前往大熊熊屋

菲娜和修莉津津有味地吃著迪加先生的料理。迪加先生和安絲則很高興地看著她們兩人。

「優奈姊姊，好好吃喔。」

「好好吃。」

「妳們這麼說，我也很高興喔。」

迪加先生露出滿足的表情。

「對了，優奈小姐，妳剛才說想要的食材是什麼呢？」

「是竹筍喔。」

「竹筍？」

「從名字聽來，跟竹子有關係嗎？」

對食材有興趣的迪加先生加入對話。

「嗯，就是竹子。上次我在城鎮附近亂晃的時候有看到，所以才想過來採。我在克里莫尼亞附近沒見過，所以想過來吃現採的竹筍。好不容易拿到了白米，我想做竹筍飯來吃。」

我這麼說明，安絲卻歪了頭。

「優奈小姐，竹子是綠色的，很堅硬，裡面還是中空的吧。」

「對啊。」

「那種硬梆梆的東西能吃嗎？」

聽到這句話我才了解，他們不知道竹子從土中長出來以前的狀態。似乎沒有人想到要在竹子長大之前就從土裡挖出來。

如果我不知道，也不會想到要吃埋在土裡的竹子。

「不是竹子，是竹筍。竹筍是指還沒有長大的竹子。」

「那種東西能吃嗎？」

「很好吃喔。可以跟米飯一起煮，也可以直接水煮來吃，跟其他食材一起炒也行。竹筍有很多種吃法。」

我最大的目標是竹筍飯。

「真的很好吃嗎？」

「真的。」

「好，我知道了。我也要去！」

迪加先生這麼說。

「爸爸！」

「這附近有我這個廚師不知道的食材，怎麼可以不去採呢？如果我們在克拉肯出現的時候就知道這個東西，就可以拿來當作糧食了。」

的確如此。如果居民知道有竹筍這種東西，就可以多少紓解糧荒了。

「既然這樣，我也想去採竹筍。」

「那可不行，我要去採。美味的食材就近在眼前卻不知道，我身為廚師，不能允許這種事情發生。這次就由我去。就算是女兒，我也不會退讓的。小姑娘，可以嗎？」

「可以是可以，可是你們不要吵架啦。」

我不希望他們父女為了竹筍吵架。

「可是，爸爸，旅館的三餐要怎麼辦？」

「妳的目標也是當個廚師吧。就算我一天不在，應該也沒問題吧。」

一說到成為廚師的目標，安絲就無法回嘴了，於是她閉上嘴巴。

不過，挖竹筍不需要花上一整天。

我回想起以前在電視上看過的竹筍節目。節目裡說早晨最適合挖竹筍。聽說早上挖的竹筍很好吃，也比較香。竹筍只要曬到太陽就會出現苦味，所以要趕在清晨的時段去挖才行。

要挖竹筍，早上的時間最適合。

「採竹筍的時間是太陽快升起的清晨，所以不會花到一整天啦。」

「要那麼早去嗎？」

「因為早上才能採到好吃的竹筍嘛。」

「既然這樣，安絲，我早上會幫忙備料，妳試著一個人準備早餐吧。妳想在小姑娘那裡開店吧。」

「嗚嗚，爸爸，你太奸詐了啦。你都這麼說了，我怎麼敢說自己辦不到嘛。」

安絲露出不甘心的表情。

「優奈小姐，下次也要帶我一起去喔。」

這點沒有問題，於是我答應了她。

「對了，採那種叫竹筍的東西，需要帶什麼工具嗎？」

「因為要挖土，所以要準備鋤頭。如果你只要在旁邊看的話，我會用魔法來挖。」

「不，我也跟安絲說過經驗很重要。我要自己挖挖看。」

我和迪加先生與安絲正在聊天的時候，結束工作的房客回來了。

他們看到我的裝扮都很驚訝，於是我決定回到熊熊屋。

我和迪加先生約好明天早上日出的時間在城鎮的入口會合。

117 熊熊前往大熊熊屋

我們來到今天要住的熊熊屋。

「優奈姊姊，好大的房子喔。」

「大隻的熊熊耶～」

這是菲娜她們見到四層樓熊熊屋的第一句話。

「可是，為什麼房子會蓋得這麼大？」

「我打算下次帶孤兒院的孩子們來看海，所以就蓋得比較大了。」

「優奈姊姊真是善良。孤兒院的大家都在工作，卻只有我們可以跟來海邊，其實我有一點罪惡感。可是，原來優奈姊姊都有把大家放在心上。」

「我才沒有那麼偉大的想法呢。因為大家都很努力工作……對了，這不是社員，而像是員工旅遊一樣。」

「員工旅遊？」

「對啊，為了感謝辛苦工作的員工，由我招待大家去旅遊。」

「為什麼優奈姊姊要感謝我們呢？」

菲娜一臉不解地問道。

「因為大家都會照顧鳥兒，在我的店裡工作啊。」

「才不是呢。是我們多虧有優奈姊姊，才有工作做、吃得飽飽的，還有溫暖的地方可以睡覺。如果不能在優奈姊姊那裡工作，我們就要煩惱吃的東西和睡的地方。我和媽媽還有孤兒院的大家都很感謝優奈姊姊願意給我們工作。」

嗯～菲娜好像不懂我想說什麼。

這就是文化差異嗎？說明起來真困難。

菲娜覺得自己得到了工作，也獲得金錢和食物、睡覺的地方，所以對方沒有必要對她抱有更多的感謝之意。

這就是在日本長大的我和在異世界長大的菲娜在思考上的差異吧。

「謝謝妳。可是，我是自己想要感謝大家才這麼做的喔。」

我摸摸菲娜的頭。

「好了，我們快點進去吧。修莉好像很想進去。」

修莉正在熊熊屋前跑來跑去。

我帶著開開心心的修莉進到熊熊屋內，開始介紹一樓的房間。

「妳們想上廁所或喝水的話，就到一樓來吧。」

菲娜和修莉很高興地參觀房間。

「好大喔。」

是啊，一樓大得足以讓孤兒院的所有孩子在這裡吃飯。

只不過冰箱裡空空如也，什麼都沒有。

我接著帶領姊妹倆到寢室。

「優奈姊姊，二樓有什麼呢？」

「有大通鋪。今天不會用到那裡，妳們不用在意。」

後來我略過二樓的大通鋪，帶兩人到有我的房間和客房的三樓。

「妳們兩個就睡這個房間吧。」

「好大喔。」

三樓的房間全都很寬敞。

「要在這裡睡覺嗎？」

除了我們之外沒有別人，所以我讓她們兩個人使用這個房間。

「優奈姊姊呢？」

「我睡隔壁房間。」

我們移動到我在隔壁的房間。房間裡有一張大床和桌椅。

我把在克里莫尼亞購買的家具用傳送門運過來擺好。

順帶一提，熊熊傳送門就設置在用內門連接的隔壁房間。因為要是被別人看到，我可沒辦法說明。

「好了，明天還要早起，今天就早點洗澡睡覺吧。」

「已經要睡覺了嗎？」

「妳們兩個都累了吧。明天很早就要起床，如果妳們睡過頭，我就自己去了喔。」

於是我們來到四樓的浴室。浴室分成男用和女用，門簾上分別寫著「男」和「女」的文字。門簾是我在克里莫尼亞請人做的。我們穿過寫著「女」的門簾，走進更衣間。

「在這裡把衣服脫掉吧，裡面就是浴室了。」

兩人把衣服放進這裡的洗衣籃，走向浴室。

我也脫下熊熊服裝，跟上她們。

「哇啊，好大喔。還可以看到外面耶。」

修莉快步走到窗邊。

「奇怪，優奈姊姊。浴池裡面沒有熱水耶。」

聽修莉這麼說我才發現，浴池裡沒有放洗澡水。

那是當然的。現在沒有人在使用，而且我們才剛回來。

我走向會流出熱水的熊熊石像，調整裝在熊熊手上的魔石。接著，熱水就從熊的嘴巴流出來了。另一側也有熊，我用同樣的方法放出熱水。

要過多久才能放滿洗澡水呢？

總而言之，總是光著身子站在這裡也不是辦法，我決定先洗澡。

「妳們兩個先洗身體和頭吧。」

希望我們洗澡的時候，熱水就放滿了。

「修莉，不要再看外面了，要洗澡了喔。」

菲娜牽著正在看外面的修莉的手，帶她到洗身體的地方。

我先調整好從熊熊嘴巴裡流出的熱水溫度後，走去沐浴場。

我正在搓洗身體的時候，菲娜和修莉走過來。

「怎麼了？」

「優奈姊姊的頭髮好長，好漂亮。」

「優奈姊姊好漂亮。」

兩人觸碰我的頭髮。

「只是很長而已啦。」

「我來幫妳洗頭髮。」

「我也要～」

「不用啦，我自己會洗。」

我已經跟自己的頭髮相處好幾年了。我可以自己洗。

「優奈姊姊很照顧我們。我沒有什麼能幫優奈姊姊做的事，所以我想幫忙。可是，如果會造成妳的麻煩，請告訴我。」

菲娜用純真的眼神看著我。這對心靈骯髒的我來說實在太耀眼了。被她用這種眼神看著，我根本無法拒絕。

「既然這樣，可以拜託妳們嗎？」

「是！」

「嗯！」

姊妹倆和樂融融地坐到我的背後，開始仔細地清洗我的頭髮。

「要花幾年才能留得這麼長呢？」

我已經不記得自己是什麼時候開始留頭髮的。我對髮型根本沒興趣，所以一直放著不管，就變成現在這個樣子了。

「我也把頭髮留得跟優奈姊姊一樣長好了。」

「我也要留～」

菲娜摸摸自己的頭髮。

修莉舉起手說出宣言。

「整理起來很麻煩的。」

我們這麼聊著天，洗完澡後走向浴池。

「優奈姊姊，水只放好一半耶。」

浴池裡只裝了大約一半的水。不，說不定還不到一半。

可是既然浴池這麼大，把腳伸直應該就可以了吧？

菲娜和修莉只要躺下來，就可以充分浸泡到熱水。我本來以為體型稍大的我可能沒辦法，但只要和菲娜她們一樣躺下，熱水的高度也能蓋過我的身體。

我把腳伸直，將肩膀以下的身體浸泡到水裡。可以讓腳伸直的浴池果然很棒。

菲娜和修莉好像也泡得很舒服。泡澡真是人類最棒的文化。

修莉有時看著外面，有時把手放到流出熱水的熊嘴裡玩耍。菲娜則努力地阻止她。

我暫時什麼都不想，在浴池裡泡澡，這時修莉就說想出去了。

「姊姊，我好熱喔。」

修莉的臉一片通紅。

「優奈姊姊，我們可以先出去嗎？」

「可以啊。外面有放吹風機，要好好把頭髮吹乾喔。」

「好。」

菲娜牽著修莉走出浴室。

我繼續泡了一陣子，然後走出浴室。

我走到更衣間的時候，菲娜正好在用吹風機幫修莉吹頭髮。

修莉看起來很睏。

「好，吹好了。」

「謝謝姊姊。」

修莉揉揉眼睛。她看起來很想睡。

菲娜在旁邊開始吹乾自己的頭髮。

我把身體擦乾，換上白熊服裝並吹著自己長過腰的頭髮時，菲娜靠過來了。

「優奈姊姊，我們可以先回房間嗎？」

菲娜的背後站著昏昏欲睡的修莉。她剛才明明還很有精神，但好像已經很累了。

「可以啊。睡覺的時候要蓋好被子喔，明天還要早起。」

「好，晚安。」

「優奈姊姊晚安。」

「晚安。」

菲娜牽著想睡的修莉走出更衣間。我一個人把頭髮吹乾，然後回到房間。

窗外可以看到美麗的星空。這個瞬間，我很慶幸自己能來到異世界。

如果繼續在原本的世界當家裡蹲，如果我沒有來到異世界，絕對看不到這種景色。

我吹著晚風，讓泡澡後的溫熱身體冷卻下來。明天還要早起，所以我召喚出熊緩和熊急準備就寢。然後，我在心裡對隔壁房的兩人說了聲「晚安」，鑽進被窩。

118 熊熊挖竹筍

我在睡覺時，房門很客氣地被輕輕敲響了。我睜開眼睛坐起身。我看向窗外，太陽還沒有升起。因為昨天很早就睡了，我現在很清醒。房門緩緩打開，有人走進來了。

「優奈姊姊，妳醒了嗎？」

菲娜小聲對我說話。

「我醒了喔。」

正確來說是剛才才醒。

「優奈姊姊早安。」

「早安。修莉呢？」

「因為昨天很早睡，她已經醒了。」

也對。她們總是和提露米娜小姐一起早起，幫忙孤兒院的工作，我反而應該比她們更容易賴床吧。

「我換好衣服就過去，妳們到樓下等吧。」

我請菲娜先下樓，自己則換上黑熊服裝。我把窩在床上的熊緩和熊急召回。

「讓妳們久等了。」

我走到外面時，菲娜和修莉正在看海。

朝陽就快要升起了吧。

「妳們兩個會不會冷？」

「不會。」

「嗯，不會冷。」

我因為穿著熊熊布偶裝，感覺不到氣溫的差異。

「會冷的話要告訴我喔。」

兩人點點頭。我們抵達城鎮入口時，迪加先生已經站在那裡了。他的手上拿著一把很大的鋤頭。

「迪加先生，早安。」

我一打招呼，菲娜她們也跟迪加先生打招呼。

「早啊，那我們快點出發吧。」

迪加先生把鋤頭扛到肩上，走向有竹林的地點。

「旅館那邊沒問題嗎？」

「嗯，我們從昨天晚上就開始準備了。接下來只剩調理了，安絲一個人也沒問題。如果她做不到，我就不會讓她去妳那裡，重頭開始修練。」

希望安絲可以一個人完成工作。

我們來到竹林。這裡長著許多高大的竹子。

「這種東西真的能吃嗎？」

迪加先生敲了敲堅硬的竹子。

「可以吃的是還沒從土裡長出來的竹子。」

我環顧四周，試著尋找土壤隆起的地方。是這裡嗎？我用土魔法把土翻起來。我好像猜中了，土裡埋著一顆很大的竹筍。我把它漂亮地挖了出來。

「這就是竹筍啊。摸起來的確是軟的。」

迪加先生把竹筍拿過去觀察。

「只要把皮剝掉，再去除澀味就可以吃了。」

「好，我知道了。只要挖土就行了吧。」

迪加先生拿著鋤頭往竹林深處走去。

他知道要怎麼挖嗎？

「優奈姊姊，我們要挖這個東西嗎？」

菲娜看著竹筍這麼問道。

「對啊，這個很好吃喔。」

「我知道了，我也會努力挖的。可是，我沒有帶挖土的工具過來。」

「沒關係，妳們兩個就跟熊緩牠們一起挖吧。」

我召喚出熊緩和熊急。

「熊緩、熊急！」

修莉跑了過來。

「你們兩個知道竹筍在哪裡嗎？」

我這麼問熊緩和熊急，牠們就很有精神地叫了一聲「咿～」。真不愧是動物，還是應該說召喚獸？

「那麼，菲娜和熊緩一組，修莉和熊急一組。」

「熊緩，拜託你了。」

「熊急，我們一起加油吧。」

菲娜溫柔地撫摸熊緩的脖子；修莉撲上去抱住熊急。

「「咿～」」

熊緩和熊急叫道。

「熊急，我們不可以輸給姊姊喔。」

「我也不會輸的。對吧，熊緩。」

兩人帶著兩頭熊往不同的方向走去。

那麼，我就在這附近挖吧。

我在附近走動，挖掘土壤稍微隆起的地方。

雖然也有猜錯的時候，但也能適度地挖到竹筍。

在這段時間內，菲娜和修莉就用嬌小的身體拿著竹筍過來。

有大竹筍和小竹筍，各種尺寸都有。

姊妹倆已經來回了好幾趟，迪加先生卻一次也沒有回來。

希望他挖得到，可是我都還沒有說明尋找竹筍的訣竅，他就走掉了，真令人擔心。

我一邊想著迪加先生的事一邊挖掘。採太多也不太好，所以我採到一個階段就停手了。接著菲娜和修莉回來時，我就告訴她們今天就採到這裡為止。

「我輸給姊姊了。」

修莉覺得很可惜。

「修莉會輸是因為跑太遠了。」

「我還以為到裡面一點就可以挖到更多。」

菲娜在不遠處挖採，修莉卻是在稍遠的地方挖。運送竹筍的距離因此增加，才會輸給菲娜。

「如果下次還要比賽，就要記得考慮到搬運的距離喔。」

「嗚嗚。」

修莉鼓起臉頰，抱住和她搭檔的熊急。

「熊急，對不起喔。都是因為我才會輸掉。」

熊急可能是想說別放在心上，把手輕輕放在修莉的頭上。從遠處看，或許有點像是在攻擊她。

話說回來，迪加先生還真慢。他到底跑去哪裡挖了？

我用探測技能確認迪加先生的位置。他沒有跑太遠。

「我去找迪加先生，妳們在這裡等一下。」

我讓菲娜她們留下來看守竹筍，出發去找迪加先生。

我找到迪加先生時，發現地上有很多挖好的洞。迪加先生現在也正在繼續增加洞的數量。

「迪加先生，你在做什麼？」

「什麼做什麼，當然是挖竹筍了，可是我就是找不到。」

「迪加先生，找竹筍是有訣竅的。」

這個大叔果然在亂挖一通。

「是嗎！妳早說嘛。」

「我還沒告訴你，你就一個人跑掉了嘛。」

「是嗎？」

「是啊。找竹筍的時候要仔細觀察地面，然後挖土壤稍微隆起的地方。」

我掃視四周，找到一個土壤稍微隆起的地方。

「迪加先生，這裡的土有一點隆起來吧。」

「是啊，的確。」

「請你挖挖看這裡。」

迪加先生依照我的指示挖土。

「喔～真的找到了。」

「再過一段時間它就會長到地面上。等到它長大，就會變成堅硬的竹子了。」

「原來如此。」

迪加先生小心地揮舞鋤頭，避免弄斷竹筍。

再繼續挖下去，竹筍的全貌就漸漸出現了。埋在土裡的是比想像中更大的竹筍。

「好大啊。」

迪加先生使用蠻力，成功挖出竹筍。

可是，我們今天就挖到這裡。多虧有菲娜和修莉，我們挖到了相當多的竹筍。

太陽已經漸漸升起，所以我告訴迪加先生該回去了。

「我只採到一個耶。」

「時間已經到了。再繼續採味道也會變差，不好吃的。」

我記得竹筍直接受到日照就會出現苦澀味。我沒有真的挖過，所以是從電視和網路得來的知識。

我說明關於味道的事之後，迪加先生雖然很遺憾，但也乖乖地同意收工。

「挖出不好吃的東西也沒什麼意思。」

身為廚師，他似乎也覺得不能供應味道太差的東西給客人。

「反正我們挖到了很多，沒關係。」

我把所有竹筍都收進熊熊箱，回到旅館。

我們抵達旅館的時候，安絲已經累得趴在桌上了。

「安絲？」

「啊，優奈小姐。歡迎回來。」

安絲撐起上半身。

「妳好像一個人挺過去了呢。」

「總算結束了。可是，我不想再經歷一次了。」

「對吧，對吧。可是如果做不到這點小事，妳可別想出師。」

「我會努力的。」

安絲從椅子上站起來。

「對了，你們採到竹筍了嗎？」

我從熊熊箱裡拿出一根竹筍。

「這就是竹筍嗎？」

「那麼，就拿這些竹筍來做午餐吧。」

我教迪加先生和安絲去澀的方法，再準備白米。

「和之國還沒有過來嗎？」

「還沒有，所以米和很多東西都進不來，讓我們很困擾。多虧有克里莫尼亞的領主大人，鎮上拿到了一些麵粉，所以不愁沒有東西吃。不過，我們還是會想念和之國的食材。」

如果沒有米的話，就要吃魚配麵包了。對我來說這種組合實在是難以理解。

我試著想像生魚片和麵包。嗯，超不搭的。

不過，做成魚肉漢堡應該很好吃吧？魚肉漢堡的醬很美味。反正都可以買到魚了，如果可以做的話，下次來做做看好了。

可是，如何把眼前的竹筍做成美味的料理才是現在最重要的事。

把竹筍去澀以後，我開始做當作主餐的竹筍飯和炒竹筍、調味過的清煮竹筍。我慢慢做出一整桌的竹筍料理。

「小姑娘，妳還真熟練。」

「優奈小姐好厲害。」

「能聽到兩位廚師這麼說，我很高興。」

我用菜刀切著竹筍。

「既然優奈小姐這麼會做菜，應該不需要我吧。」

「可是我不會殺魚啊。」

「是嗎？」

「雖然我知道料理方法，可是我沒怎麼做過，要是安絲不來我就傷腦筋了。」

我雖然有相關知識，但幾乎沒有處理過魚。

「聽妳這麼說我就放心了。原來優奈小姐也有不擅長的事呀。」

「我不擅長的事可多了。我雖然是冒險者，卻不會肢解魔物。」

「是嗎？」

「所以我都把肢解的工作交給公會或是菲娜。菲娜肢解的技術很好。」

「菲娜明明那麼小，真是厲害。」

我也真的這麼覺得。

我們一邊聊天一邊做料理時，修莉走進廚房來。

「優奈姊姊，我肚子餓了。」

對了，我們還沒吃早餐就去挖竹筍了。難怪會餓。

「再一下子就做好了，等一下喔。」

「嗯，好。」

修莉乖乖地走出廚房。真是個聽話的好孩子。

好了，我就做快一點吧。我加快做菜的速度。

然後，我把做好的料理端上餐桌。

「看起來好好吃。」

「今天的飯不是白色的嗎？」

修莉看著竹筍飯問。

「因為裡面加了修莉採到的竹筍啊。很好吃喔，吃吃看吧。」

修莉點點頭，把竹筍飯送進口中。

「好好吃。」

「對，真的很好吃。」

修莉和菲娜吃得津津有味。

看到她們吃得這麼開心，我也很高興。

「我們也可以吃嗎？」

「每個人都有份喔。」

我把所有人份的料理端到桌上。

其中當然也有我的份，所以我和大家一起吃飯。

「真好吃，而且很軟。原來那個竹子這麼軟啊。」

「等到它長大，就會硬得不能吃了。」

「優奈姊姊，好好吃喔。」

「…………」

修莉默默地吃個不停。看來她的肚子真的很餓。

「總覺得跟我比起來，優奈小姐更像個廚師。」

安絲一邊吃著竹筍料理，一邊這麼說。

「等買得到米的時候，就可以賣竹筍飯了。」

吃著料理的迪加先生這麼說道。

「就算沒有米，竹筍也很好吃喔。」

「是啊，其他的菜也都很好吃。可是，這樣真的好嗎？妳給了我那麼多竹筍。雖然我也很高興能拿到。」

迪加先生只有採到一根。

我用魔法採竹筍，菲娜和修莉也因為有熊緩牠們的幫忙而採到不少。

「沒關係啦。這兩個孩子幫我採了很多，如果還想吃，我會再來採的。而且挖竹筍很辛苦吧？」

「挖竹筍的確需要竅門。可是，下次就沒問題了。畢竟小姑娘教了我很多嘛。」

既然這樣，我下次過來的時候說不定就可以吃到竹筍料理了。

我們吃完飯後過了一陣子，開始有人來到旅館吃午餐。

迪加先生他們也要去忙了。為了不要妨礙到他們，我們便離開了旅館。

119 熊熊坐船

中午吃完竹筍大餐的我決定帶著菲娜她們在鎮上觀光。

「午餐真好吃。」

「我這裡還有很多竹筍，下次做給堤露米娜小姐和孤兒院的大家吃吧。」

「好！」

我們走在鎮上時，看到一支天底下的男人都會羨慕的後宮隊伍。

坐擁後宮的布里茨走在前頭，後面跟著美麗的羅莎小姐、嬌小可愛的蘭及帥氣的女劍士格里莫絲。

「發現優奈了！我們聽迪加先生說妳在這裡。」

羅莎小姐等人走了過來。

「原來羅莎小姐妳們還在這個鎮上啊。」

我還以為糧食的護衛工作結束之後，他們就會離開城鎮了。

「因為要清除附近的魔物，公會會長拜託我們再留一陣子。」

「不說這個了，聽說妳打倒了克拉肯，是真的嗎？我實在是不敢相信。」

布里茨難以置信地問我。

「布里茨，你太多疑了啦。鎮上的人都那麼說了，肯定是真的。」

「可是，對手是克拉肯耶。一個人要怎麼打倒那種怪物啊。」

「話是這麼說沒錯。可是優奈是個跟常識無緣的人，應該辦得到吧。」

羅莎小姐說我跟常識無緣，太過分了。可是我無法反駁。

「我可以理解布里茨想說什麼，可是連公會會長都那麼說了。」

蘭贊同羅莎小姐的看法。

「居民沒理由說謊。」

最後格里莫絲也投羅莎小姐一票。

「可是按照常理來思考……」

「你覺得打倒盜賊時的優奈能用常理來解釋嗎？」

「……不能。」

他們是不是對我說了很過分的話？

布里茨也一臉無法接受的樣子，我才無法接受呢。

「對了，妳在這裡做什麼？妳不是回克里莫尼亞了嗎？」

「我只是跟這些孩子一起來玩而已。」

我介紹躲在我背後的菲娜和修莉。

「我是菲娜。」

「我是修莉。」

兩人有點害羞地自我介紹，然後鞠躬。

「好可愛的孩子。」

羅莎小姐抱住姊妹倆。

「她們是妳的妹妹嗎？」

「不是，不過也差不多啦。」

「優奈姊姊！」

「優奈姊姊。」

菲娜和修莉聽到我的話都很高興。

「可是，她們沒有打扮成熊的樣子呢。」

拜託不要用那麼意外的表情看著菲娜她們。

……不過，菲娜她們在店裡幫忙的時候也會打扮成熊的樣子。

「那麼，布里茨你們會暫時待在密利拉嗎？」

「不，等到隧道可以通行之後，我們打算去克里莫尼亞看看。」

「是嗎？」

「畢竟公會會長也說待到隧道完成的時候就夠了。而且既然有隧道，我們也沒理由不去克里莫尼亞。」

羅莎小姐也贊同布里茨說的話。

「嶄新的城市正在等著我。」

蘭講出帥氣的台詞。

「而且我們也想看看優奈生活的城市是什麼樣子。」

那裡什麼都沒有喔。頂多只有熊熊房子、放著熊熊石像的店、有熊熊石像的孤兒院而已。

「不過，如果你們要來克里莫尼亞的話，我請你們吃飯。」

「哎呀，可以嗎？」

「如果你們不嫌棄我的店的話。」

「妳的店？妳是冒險者對吧？菲娜、修莉，優奈真的有開店嗎？」

「是，那是一間麵包店。那裡的東西很好吃喔。」

「很好吃喔。」

雖然姊妹倆為我作證，布里茨等人卻還是不敢相信。

「為什麼妳會開店？」

真是個難以說明的問題。

「順其自然吧？」

「普通人可不會順其自然就當上老闆啊。」

「我也只能這麼說明了。」

「優奈該不會總是這個樣子吧？」

羅莎小姐不是問我，而是問菲娜。

「嗯，我媽媽總是說她搞不懂優奈姊姊在想什麼。」

看來我下次得找堤露米娜小姐好好聊一聊了。

我們跟接下來要去隧道附近狩獵魔物的羅莎小姐等人道別，前往漁港。

因為菲娜和修莉說想要靠近一點看船。

「好厲害，這裡有好多船喔。」

「是船耶～」

一到港口，兩人就跑過去看停在碼頭的船隻。因為已經過了捕魚的時間，現在碼頭停著很多艘船。姊妹倆帶著閃閃發亮的眼神看著船。

她們雖然都沒有說出口，但看起來好像很想坐船。我也想讓她們坐船，可是我也沒有船，沒辦法讓她們搭乘。

「姊姊，那裡有很大的船耶。」

「修莉，等一下。」

修莉跑了出去，菲娜追在妹妹後面。看到她們兩個人這麼開心，就讓我很想帶她們去搭船。

如果有人在就能拜託對方了，於是我環顧四周。這時，有兩個熟悉的人物從船隻的後方出現了。

「優奈？」

「優奈！」

從船後面現身的是尤拉小姐和達蒙先生。

「優奈，原來妳來鎮上了呀。」

「我昨天來的。」

然後，我說自己是通過隧道過來玩的。

「妳只為了這種理由，就帶著那麼小的孩子從克里莫尼亞過來嗎？」

「是啊。」

達蒙先生很沮喪。

「竟然從我們拚死都要去的地方帶著玩樂的心情過來……」

「因為有隧道，現在要來很輕鬆啦。」

「是沒錯，可是我總覺得無法接受。」

「你在說什麼呀。因為有遇到優奈，我們才活了下來，城鎮也得救了。你在抱怨什麼啦。」

尤拉小姐拍上達蒙先生的背。

「那麼，你們兩位在做什麼？」

這裡沒有其他船員，只有達蒙先生夫妻倆。

「對了，我們來保養船。要是沒有好好保養，在緊急時刻壞掉就糟了。」

保養的確很重要。如果船上有洞，甚至有可能沉沒。

我們正在對話的時候，菲娜和修莉也正在好奇地看著船。

「妳們兩個是第一次見到船嗎？」

「是，我們第一次見到。」

「嗯。」

姊妹倆點頭回應尤拉小姐的問題。

「既然這樣，要不要坐坐看？」

聽到尤拉小姐這麼說，兩人都很高興。可是，她們馬上用猶豫的表情看向我。

「可以嗎？」

「這點小事當然可以了。畢竟優奈幫了我們很多嘛。」

「妳們兩個想坐坐看嗎？」

「我們是很想坐……」

「可是有點恐怖。」

的確，她們既沒有看過海，也是第一次坐船。雖然有興趣，但是應該也會害怕吧。

「達蒙先生，可以拜託你安全地航行嗎？」

「嗯，當然可以。我不可能讓優奈的朋友遇到危險。」

「很安全的，妳們兩個去坐吧。」

「那優奈姊姊呢？」

「我在這裡等妳們。」

「優奈姊姊也一起坐嘛。」

修莉用小小的手抓住我的熊熊布偶裝，仰望著我的臉。

看到這種表情，我就無法拒絕了。

我們決定搭上達蒙先生的船。

達蒙先生的船載著我們揚帆出海。

「妳們兩個要是覺得不舒服，要早點說喔。」

「「……？」」

兩人一臉疑惑。

就算跟沒有坐過船的她們說明什麼是暈船，她們應該也不懂，所以我只說到這裡。

不過，尤拉小姐夫妻倆說今天的浪並不高。既然這樣，應該就不用擔心會暈船了。

姊妹倆對我的擔心渾然不知，船一搖晃就高興得不得了。

然後，我們在附近的海域逛了一圈就回來。

兩人看起來沒有暈船的跡象。我也沒有暈船，或許是穿著熊熊裝備的關係吧。

「達蒙先生、尤拉小姐，真的很謝謝你們。」

「嗯，玩得開心就好。」

「想坐船的時候，隨時都可以跟我們說喔。」

我們對達蒙先生道謝，離開港口。

「妳們兩個玩得開心嗎？」

「是！非常開心。」

「嗯，坐船好好玩喔。」

兩人的臉上堆滿笑容，說的應該是真心話。

隔天，我決定好好享受旅遊的最後一天。我們明天就要回克里莫尼亞了。

「妳們兩個有沒有想去的地方？」

我們去過海邊，也坐過船了。另外還挖了竹筍，吃了迪加先生和安絲的料理，也見過尤拉小姐和達蒙先生了。我想不到還能去哪裡，於是詢問兩人。

「去哪裡都可以。」

「嗯。」

人家都說「都可以」是最令人困擾的答案，果然沒錯。

該怎麼辦呢？

總而言之，到鎮上走走應該就會有想法了，所以我決定先過去再思考。

我牽著菲娜她們的手來到鎮上，就看到一個胸前大開的女人在路上等著我們。

「阿朵拉小姐？」

「好久不見了，優奈。」

「妳有什麼事嗎？」

「還問我有什麼事。既然妳來鎮上了，為什麼不來找我？」

「呃，因為沒有事要找妳？」

「優奈！」

阿朵拉小姐瞪著我。

「開玩笑的。我正要去找妳呢。」

當然是騙人的，我其實沒有要去。

「真的嗎？」

她用懷疑的眼神看著我。

「真的啦。」

我稍微移開視線說道。

「算了，無所謂。對了，妳是來做什麼的？」

「我是來玩的。」

所以，我沒有必要去冒險者公會。

「來玩?這個鎮上什麼都沒有吧。」

「有很多東西啊。海鮮料理、挖竹筍、海、船、沙灘,妳們兩個都玩得很開心吧?」

為了取得認同,我向菲娜她們問道。

「是,我們玩得很開心。」

「嗯,很開心喔。」

「是嗎?雖然好像包括了什麼我不知道的東西,但既然妳們玩得這麼開心,我也很高興。對了,這兩個孩子是?」

「算是在克里莫尼亞很照顧我的人的小孩吧。」

如果介紹成救命恩人,菲娜會生氣,所以我這次這麼介紹。

「才不是呢。是我們受到優奈姊姊照顧才對。」

「媽媽說過,我們可以吃到好吃的飯都是因為有優奈姊姊。」

兩人否定我的介紹。

「呵呵。」

「為什麼要笑?」

「因為我可以想像妳對這些孩子做了什麼。反正一定是不求回報地救了她們的家人吧。」

「好厲害,大姊姊怎麼知道!」

菲娜肯定了阿朵拉小姐的猜想。

「那是因為優奈也在這個鎮上做了同樣的事情呀。」

「那我就懂了。」

為什麼只說到這個程度，妳們就懂了？

這樣不就好像我是個只用一句話就能說明的單純人類嗎？

我很想要求修正，三人卻很開心地聊著關於我的話題。

「她很常說『不用放在心上』對吧？」

「是，很常說。」

「對啊。」

「要答謝她時，她也會說『不用了』。」

「她總是這麼說。」

「對啊。」

為什麼妳們聊得這麼熱烈？

「而且，明明是我們應該報恩，但不知道為什麼，反而都是優奈在幫助我們。」

「是，我也這麼覺得！」

「優奈姊姊人超好的。」

為什麼呢？我覺得背部愈來愈癢了。我才不是那麼好的人呢。

我會幫助菲娜，也是因為菲娜幫助了剛來到這個世界，什麼都不知道的我。菲娜沒有瞧不起我或懷疑我，告訴了我很多事。因為菲娜是這樣的人，我才會幫助她。

現在回想起來，真虧她願意告訴我這種穿著熊熊布偶裝的人這麼多事情。

「而且呀，優奈她……」

「可不可以不要再聊了？我們去其他地方吧。」

她們好像想要一直聊下去，所以我試著提議。

「哎呀，對不起。」

「對不起。」

「對不起。」

三人對我道歉。

我好像變成壞人了。

「所以，妳們接下來要做什麼？」

「我本來想去跟妳打聲招呼，可是既然在這裡見到了，我打算去鎮上逛逛。」

我其實沒有打算去見阿朵拉小姐，不過是真的想去鎮上逛逛，所以我這麼回答。

說謊也是為了圖個方便。

「既然這樣，我也跟妳們一起去好了。」

「妳很閒嗎？」

「是呀。因為克里夫大人從克里莫尼亞派了冒險者來狩獵附近的魔物，所以事情進行得很順

利。而且布里茨他們也回來了，會暫時待在這裡。冒險者公會沒什麼問題，辛苦的是商業公會那邊。有很多東西從克里莫尼亞進來，米蕾奴小姐也下達了不少指示，好像很累人。」

「傑雷莫先生好像很辛苦。」

「可是，他有乖乖工作喔。雖然偶爾會想要偷跑出去。」

阿朵拉小姐笑道。

「鎮民能恢復笑容全都是優奈的功勞。」

「我什麼都沒做啦。有在做事的是克里夫和米蕾奴小姐。」

「只有妳這麼想喔。」

阿朵拉小姐微笑著這麼說，然後牽起菲娜和修莉的手往前走。

我雖然不太能接受，還是跟在三人後面。

120 熊熊等四個人一起散步

阿朵拉小姐帶著我們到魚市場參觀。

市場上擺著一大早捕到的新鮮漁獲。

「嗚哇啊啊，扭來扭去的。」

「好噁心喔。」

兩人看著章魚大叫。

「可是很好吃喔。」

「真的嗎？」

章魚不管是做成生魚片、燒烤還是水煮都很好吃。

「優奈姊姊，那是什麼？」

「那是螃蟹。煮熟後很好吃喔。」

用螃蟹熬的湯很好喝。蝦子也不錯。

「這些全部都可以吃嗎？」

「可以吃啊。昨天在迪加先生那裡吃的料理也有加喔。」

「是嗎！」

菲娜和修莉看著螃蟹。

姊妹倆慢慢伸出手。

「很危險，不可以碰喔。」

我告訴她們不可以摸螃蟹，被鉗子夾到是很痛的。

聽到我說的話，兩人趕緊把手縮回來。

在魚市場逛完一圈的我們接著前往有很多攤販的廣場。一靠近廣場，就可以聞到食物的香味。有人把海鮮烤得很漂亮。

「那個看起來好好吃喔。」

「好想吃。」

兩人看著烤魷魚的攤位。

「呵呵，那好吧，我買給妳們吃。妳們兩個用這些錢去買想吃的東西吧。」

阿朵拉小姐拿錢給兩人，她們卻不敢收下。

「怎麼了？」

「那個……」

兩人看著我。她們應該是不好意思跟剛認識的人拿錢吧。我從熊熊箱裡拿錢出來，交給姊妹倆。

「這是為了感謝妳們昨天幫忙挖竹筍。」

「可是，優奈姊姊帶我們來玩……」

「難得來玩，去吃一些好吃的東西吧。」

菲娜和修莉面面相覷。然後，或許是有共識了，她們輕輕點頭，轉頭看著我。兩人收下熊熊手套玩偶口中咬著的錢。

「優奈姊姊，謝謝妳。」

「優奈姊姊，謝謝。」

兩人向我道謝。看到她們這個樣子，有個人感到很寂寞。

「妳們也可以收下我的錢嗎？」

在一旁露出寂寞表情的阿朵拉小姐對兩人說道。

兩人再度看著我，於是我點點頭。

兩人對阿朵拉小姐道謝，然後收下她的錢。姊妹倆感情融洽地牽著手跑向攤販。

「真是乖巧的好孩子。」

「是啊。」

她們跟我這種個性彆扭的人不一樣。

我和阿朵拉小姐在附近的長椅上坐下。

「優奈，妳有聽說鎮上發生的事嗎？」

「迪加先生和安絲有告訴我一些。」

「關於犯罪者的事情呢？」

我搖搖頭。

我完全沒有聽說。

「也是，這不是有孩子在場時能說的事。商業公會的前會長和被認定為重大罪犯的人已經被處死了。」

「這樣啊。」

我不太記得他們的臉，但原來已經被處死了。

「當時是公開處刑，可是來看的人很少，只有老爺爺們和家人或親友被殺的人來看。可是這樣一來，失去家人的人們也能讓這件事告一段落，重新出發吧。」

是指出發去克里莫尼亞嗎？

我想起安絲拜託我的事情。

「話說回來，已經選出鎮長了嗎？克里夫好像希望阿朵拉小姐來當。」

「我怎麼可能接下這個職務嘛。真正的我是個懶惰的人，我才不想擔起這種麻煩事呢。」

「那是誰來當？」

「克羅爺爺的兒子心不甘情不願地答應了。他畢竟也是鎮上其中一位大老的兒子，所以沒有人反對。」

「心不甘情不願啊。我還以為如果是鎮長，應該會有很多人想當才對。」

「因為大家都知道前鎮長的情況呀。每天都有人叫他想辦法解決克拉肯的問題，要從隔壁城鎮採購食材又遇到盜賊，結果買不到糧食，因此受到更多居民質問。看到那個樣子，誰都不會想當鎮長啦。所以，克羅爺爺就硬是把這件苦差事推給兒子了。」

希望他節哀順變。

我對素未謀面的對象雙手合十。

「前鎮長不會回來嗎？」

「他是趁著晚上偷偷逃走的，應該沒有臉回來吧。而且就算他回來了，居民應該也不會原諒他。」

「可是如果他回來了，鎮長的職位會怎麼樣？」

「不會怎麼樣。這座城鎮已經變成克里夫大人的領地了，逃亡者可沒有資格說三道四。而且就算發生什麼問題，克里夫大人也會幫我們解決吧。」

阿朵拉小姐還真信任克里夫。

算了，這也不是我該擔心的事，如果前鎮長現身了，就交給克里夫處理吧。

「而且，他如果回來了，應該會遇到危險。」

「危險？」

「我的意思是有很多人怨恨他。」

也對，不管是哪個世界，被拋棄的人都會怨恨。

「不說這個了，優奈，妳們現在住在哪裡？迪加那裡嗎？還是熊那裡？」

「什麼熊那裡啊。迪加先生的旅館客滿了，我們住在城外的自己家（熊熊屋）。」

「是不是真的該早點蓋旅館呢？等到隧道完成，訪客也會增加，照現在的情況來看一定會不夠。」

「還沒有開始蓋嗎？」

我有看到木材已經準備好了，但卻沒有在蓋房子。

「我想應該快開始了，可是現在人手不夠。而且，如果不清除附近的魔物，也沒辦法安全地進行工程，所以才會拖得比較晚。」

「我有遇到布里茨，魔物的狩獵進行得還順利嗎？」

「多虧有冒險者，這附近已經看不到魔物了。我現在正在請人到遠一點的地方巡視。等到這部分結束，應該就能正式開始建築工程了。」

我個人希望能在炎熱的夏季到來以前結束。

應該說會有夏天嗎？

我把這個疑問放在一邊，跟阿朵拉小姐聊天，這時菲娜和修莉要好地牽著手回來了。

「優奈姊姊、阿朵拉小姐。」

「我們回來了。」

兩人像是吃到好吃的東西，帶著滿足的表情。

「那麼，我要回公會了，優奈妳們接下來要做什麼？」

「我要去商業公會問問和之國的事情怎麼樣了。」

「和之國呀。他們以前一個月會來一次，可是克拉肯出現以後就不來了。但願他們的船沒有沉沒。」

「沒關係，我會耐心地等的。」

如果有什麼萬一，到王都或許也可以問到一些情報。我們和阿朵拉小姐道別，前往商業公會。

我們一到商業公會，就看到職員正在忙碌地工作。沒有任何一名職員是閒得下來的。

「優、優奈小姐！」

一名女性職員注意到我。聽到這名職員的聲音，所有人都同時轉過頭來看我。

職員的反應嚇到了菲娜她們。我輕拍菲娜和修莉的頭，讓她們冷靜下來。

「傑雷莫先生在嗎？」

「是，請稍等一下。」

職員到後面的辦公室叫傑雷莫先生。

「熊姑娘。」

一臉倦容的傑雷莫先生走了過來。

「好久不見。」

「是啊，妳看起來很好。」

「傑雷莫先生倒是看起來很累。」

「我很後悔接下公會會長的職務。太忙了，都沒有時間休息。一大堆文件處理不完。有太多事要做了。從克里莫尼亞來的指導員都欺負我。」

「請不要說得那麼難聽。只要傑雷莫先生好好學會工作的方法，那就沒有問題了。我也想要快點回克里莫尼亞，請你早點學會。」

傑雷莫先生的背後出現一名二十五歲左右，看起來像是知識分子的女性。

她應該很適合戴眼鏡。

「是米蕾奴小姐拜託我，我才會來教你的。城裡還有老公和小孩在等我，請你振作一點。」

「我知道，我會努力的。」

「請你用行動來表示。」

她就是米蕾奴小姐派來輔佐的指導員啊。

「優奈小姐，初次見面。我是克里莫尼亞的公會派遣過來的安娜貝爾。」

「那個，安娜貝爾小姐知道我是誰嗎？」

「我曾經在克里莫尼亞見過優奈小姐幾次。而且只要是在克里莫尼亞的商業公會工作的人，沒有人不知道優奈小姐是誰。那麼，請問優奈小姐怎麼會來這裡呢？您是來對傑雷莫先生提出申訴的嗎？」

「為什麼啊？我什麼都沒有做耶。」

「那請你快去工作。」

我不知道該怎麼吐槽像是在講相聲的兩人，於是假裝沒聽見。

「那個，我想問問和之國的事情怎麼樣了。」

「關於這件事，前幾天到遠洋航行的船隻似乎有與和之國的船隻接觸。當時的漁夫有說過鎮上的情況，所以應該能夠重啟貿易。」

「真的嗎！」

真是令人高興的情報。

「是的，只不過還不知道他們何時會來。」

即使如此，這也是個十足的好消息。

不過，這位安娜貝爾小姐似乎是個優秀的人才。她的回應很快。不愧是米蕾奴小姐派遣過來的人。如果讓這個人負責教育，傑雷莫先生或許也能成為一個了不起的公會會長。

「傑雷莫先生有好好工作嗎？」

「這個嘛，雖然他有時候會偷懶，不過很努力。可是，他常常馬上吵著要休假。」

「那是因為妳都不讓我休息啊。」

「只要傑雷莫先生辛苦工作，居民就會更幸福。請你不要休息，繼續加油。」

這是黑心企業啊。竟然沒有休假，要是我早就辭職了。有個偉人說過，工作就輸了。想到這裡，我就可以理解老爺爺們對傑雷莫先生的評價了。他雖然不認真，但還是會工作；雖然會偷懶，但是討人喜歡。他肯定是無法拒絕他人請求的類型。

「對了，我有件事想請問優奈小姐，請問您什麼時候要回克里莫尼亞呢？」

「我打算明天回去。」

「不好意思，可以麻煩您幫忙把報告書轉交給公會會長嗎？」

「報告書？」

「我們每十天都會提交一份報告書，向城內申請物資。但是因為傑雷莫先生處理的案件延誤，所以沒能寫進先前的報告書裡。可是，這個案件很急，加進下一份報告書就太晚了。」

「可以啊，只要轉交就可以了吧？」

「非常感謝您。我馬上拿過來，拜託您了。」

我從安娜貝爾小姐手中接過文件，離開商業公會。

之後，我跟安絲和迪加先生說我們明天就要回去的事情，在回到熊熊屋以前騎著熊緩和熊急在沙灘上散步，然後在熊熊屋看海，結束這一天。

「明天就要回去了呢。」

我們洗澡的時候，菲娜問道。

「嗯，我不想讓堤露米娜小姐太擔心。」

「媽媽會擔心我們嗎？」

「當然會了。」

她是個溫柔的母親，不可能不會擔心菲娜和修莉。

「不說這個了，妳們兩個玩得開心嗎？」

「是，非常很開心。」

「魚魚很好吃。」

兩人笑著回答。我帶她們來也算是值得了。

「下次找大家一起來吧。」

「好！」

「嗯！」

我們按照預定計畫，隔天朝著克里莫尼亞出發。

熊熊勇闖異世界 5

新人冒險者荷倫　其一

「荷倫！」

辛對我大叫，他正在跟野狼對峙。我對野狼射出一顆堅硬的土塊，土塊打中野狼的身體，野狼發出慘叫後倒地。這時候辛對牠使出最後一擊。

「荷倫的魔法真的變強了呢。」

「嗯，這都是多虧有優奈小姐。」

我真的很感謝優奈小姐。我從優奈小姐那裡學到了魔力和魔法的使用訣竅。雖然一開始很辛苦，但是現在已經會在戰鬥中使用了。雖然優奈小姐說的事情我還沒辦法全部做到，可是能夠一步一步地學會讓我很開心。

「原來那隻熊真的很厲害。」

「辛，你絕對不可以在優奈小姐面前這麼說喔。」

「我才不會做那種恐怖的事咧。」

我們後來聽冒險者前輩說優奈小姐生起氣來很可怕。而且，從公會職員那裡得知優奈小姐狩獵過的魔物數量以後，我們就知道她是個不好惹的人了。

因為優奈小姐穿著很可愛的熊熊衣服，實在很難看出來。可是她是個非常優秀的冒險者。而且我也知道優奈小姐是個很善良的人。

我聽說她看到孤兒院的孩子們生活有困難，就給孩子們食物和工作，還幫他們重蓋房子。這個城市會有許多蛋出現在市場上也是優奈小姐為孤兒院做的事。不只如此，在那間麵包店工作的孩子們也是孤兒院的孩子。

她明明跟我同年，實在是太厲害了。

「荷倫、辛，你們好好看守這附近啦。」

正在肢解的小拉提醒陷入沉思的我。

「對不起。」

因為在肢解的過程中可能會有其他的動物或魔物靠過來，所以我們要幫忙把風。

我們是從克里莫尼亞附近的村子來克里莫尼亞當冒險者的隊伍。我們四個人從小就認識了。拿劍的男生是辛，算是我們的隊長。然後是獵人的兒子拉特，暱稱小拉，他很擅長使弓，上次去的村子有一位叫做布蘭達先生的人教他用弓的方法，技術因此變好而讓他很高興。第三個人是我們之中力氣最大的布魯托，暱稱布魯，使用的武器是斧頭。

最後，我是只會用一點弱小魔法的魔法師。可是多虧有優奈小姐，我已經強到不會扯大家的後腿了。

「我們也好想早點買到大的道具袋喔。」

「希望最少可以裝得下野狼。」

我們要更努力工作才買得到。

如果有了道具袋，工作就可以輕鬆許多。不只是打倒魔物之後可以在安全的地方肢解，也不用因為帶不走就丟了。

真想早點得到道具袋。

我們結束今天的工作，到冒險者公會回報狩獵的結果時，發現張貼委託的公告欄前聚集了一大群人。

「海倫小姐，發生什麼事了嗎？」

我們在回報野狼的狩獵結果時，向櫃台的海倫小姐問道。

「那個嗎？那是因為領主克里夫大人發出了委託。」

「領主大人的！」

「該不會是有很強的魔物出現了吧？」

畢竟是領主大人的委託，說不定是有什麼驚人的魔物出現了。

「不是喔，只是狩獵普通魔物的工作。」

「普通魔物？」

「我記得你們正在存錢買道具袋吧？」

「是的。」

「既然這樣，要不要去參加看看？狩獵魔物的報酬也比平常還要高一點喔。如果是現在的你們，應該沒問題。」

如果是那麼好賺的工作，我們也想承接。

雖然我們想要向海倫小姐問問詳細情況，但後面還有冒險者在排隊，所以我們沒有問到詳情，只好去看委託的告示板。人潮比剛才少，看得到委託內容了。

「我看看，狩獵熊之隧道附近的魔物。」

熊之隧道？

委託書上還畫著地圖。雖然用走的會有點遠，但似乎會有馬車來接駁。而且上面還寫著，打倒魔物之後，會有人在當地附近收購。不用帶回來的話就輕鬆了。而且就正如海倫小姐所說，收購的金額設定得比一般的行情還要高。

「辛，怎麼辦？」

「我沒見過這麼好賺的委託。」

只不過，上面寫著熊之隧道附近出現的魔物除了野狼、獨角兔、哥布林之外還有半獸人。

「可是有半獸人耶，現在的我們又打不贏。」

「應該沒關係吧。要是真的遇到，快逃就是了。」

「嗯，我們只要打倒野狼和獨角兔就好。」

經過討論，我們決定把半獸人交給冒險者前輩處理，接下了這份委託。

我們走向海倫小姐的櫃台。原本排在我們後面的冒險者好像也從海倫小姐那裡聽說了消息，於是走向委託告示板。

「海倫小姐，請問熊之隧道是什麼？」

「就是位在艾雷岑特山脈的隧道。」

根據海倫小姐所說，最近似乎有人發現一條隧道，而這次委託的目的是為了讓隧道能夠供人使用，所以要清除附近的魔物。

「通過那條隧道可以到哪裡呢？」

「好像可以到海邊喔。」

「海邊嗎！」

「我想看海！」

「抱歉，隧道另一頭雖然也有狩獵魔物的委託，可是那邊的申請人數很多，已經截止了。」

「咦～」

「我也很想去，請你們忍耐一下吧。那麼，你們不接這份委託了嗎？」

我們當然不會放棄。

「既然這樣，明天早上會有馬車來接駁，請不要遲到喔。」

隔天，我們一來到冒險者公會就看到很多冒險者。

「人這麼多，會不會互搶魔物啊？」

「辛，你沒有聽說嗎？那裡有一條隧道，連隧道另一頭的魔物都要清除，所以不是所有人都被分配到同樣的地方喔。」

「這我當然知道。」

「總而言之，我們快走吧。要搭不上馬車了。」

海倫小姐正在馬車附近下達指示。

「早安。」

「你們沒有遲到呢。」

「人數比我們想像的更多呢。」

「是啊，因為很少有報酬這麼多的工作呀。」

「我們可要好好加油了。」

「那麼請你們坐上那一台馬車。每一台馬車的目的地都不同，請不要搭錯了。要是搭錯車，有可能會被載到有半獸人的地方喔。」

「這……」

「辛，不要搞錯了。」

「我才不會搞錯咧。」

我們坐上海倫小姐所說的馬車。

車上已經坐著幾名冒險者了。

「有馬車送我們到目的地，感覺真輕鬆。」

「而且，獵到的魔物還不用帶回城裡。」

「要努力賺錢嘍。」

「好～」

坐馬車過了幾個小時，我們來到一座森林前。

接下來的路程好像要用走的。

「要去哪裡？」

「要不要先去看看傳聞中的隧道？」

「贊成。」

和我們有同樣想法的冒險者們也一起往隧道出發。通往隧道的路上，樹木上有刻記號，所以不用擔心迷路。

走了一陣子，我們的眼前出現一隻熊。

是熊的石像。一隻可愛的熊熊拿著一把劍。

「我是不是有在哪裡看過這個石像？」

的確有看過。毫無疑問是在那裡看到的。

「這隻熊和優奈小姐店裡的是一樣的熊吧。」

「為什麼同樣的石像會出現在這裡呢？」

店裡的熊熊拿著麵包，可是這裡的熊熊拿著劍。

「嗯，大概是這條隧道和優奈小姐有關係吧。」

隧道的名稱還叫做熊之隧道。我也覺得辛說的沒錯。

我對熊熊石像很好奇，對隧道也很好奇。

這條陰暗隧道的前方是一片大海。我從來沒有看過海，只有聽說過。真想過去看看。

「辛，等到這條隧道完成了，我們去海邊看看吧。」

「是啊，那也不錯。」

「嗯。」

可是在那之前，我們要好好賺錢才行。我們出發去狩獵魔物。

「辛，牠跑過去了。」

「好，交給我。荷倫，我來擋住牠。」

「嗯，我知道了。」

我用土魔法做出堅硬的土塊。然後用土塊打中野狼，牠便發出慘叫後倒地。這時辛給牠最後一擊。我們狩獵得很順利。

「因為荷倫的魔法變強，狩獵也變得輕鬆多了。」

如果把魔物的屍體放著不管，其他魔物就會靠過來，所以狩獵完之後收拾善後是基本禮貌。不這麼做的冒險者會被其他的冒險者討厭。我們會肢解魔物，把不需要的部分埋到土裡或是燒掉。

「這都是多虧有優奈小姐。我最近好像愈來愈懂得怎麼使用魔力了。」

雖然集中魔力就可以使用比較強的魔法，但是用不了太多次。使用的時候必須要考慮大魔法和小魔法能施放的次數，優奈小姐說這是在後方支援的魔法師應盡的責任。所以，她告訴我要記住自己能夠使用魔法的次數。

而且，我還要把這些資訊告訴同伴，讓他們判斷我是否能夠支援。撤退也是其中一個選項。勉強行動很危險，說不定會送命。所以，我得確實掌握自己的魔力存量才行。

之後幾天，我們都在狩獵野狼和獨角兔。

「有了這些錢，應該就可以買到道具袋了。我們真的要好好感謝領主大人。」

我們從來沒想過會這麼順利。

「因為收購的價格比平常更高嘛。」

有人會在附近收購魔物，所以運送起來很輕鬆，幫了我們大忙。

「可是，這附近差不多快找不到魔物了。」

昨天開始砍伐森林，通往隧道的路也漸漸開通了。

「畢竟還有其他的冒險者。」

「既然這樣，我們去那邊看看吧。我聽其他的冒險者說，那邊好像還有魔物。」

我們決定聽辛的話，往那個方向前進。

我們走在森林裡時，帶頭的辛停下腳步。他馬上用食指抵住嘴唇。我們閉上嘴巴，安靜下來。

我們望向辛指著的方向，那裡有半獸人的蹤影。

辛小聲問我們：

「怎麼辦？」

「不行吧。」

「可是如果打倒了，比其他魔物更好賺耶。」

「還是不要比較好。」

「我們已經決定不要對半獸人出手了吧。」

「辛……」

「……也對。」

辛聽取大家的意見，決定離開現場。

啪嘰。

這時有人不小心踩到樹枝，發出了聲音。

這個瞬間，半獸人大吼，開始揮舞巨大的棍棒。然後，棍棒敲上我們附近的樹木。

「快跑！」

我們拔腿就跑。可是，發現我們的半獸人追了上來。我想起優奈小姐說過的話。

土魔法也可以保護自己不受攻擊。

我使用土魔法在樹木之間做出一對交叉的土棒。我沒辦法像優奈小姐一樣做出巨大的牆壁，所以優奈小姐配合我想出了這樣的方法。她告訴我，只要像繩子一樣在樹木之間架起土棒，就可以阻止敵人。只不過，這樣需要有一定的強度。

半獸人被交叉的土棒阻擋了去路。

成功了。

「趁現在快逃。」

半獸人發出低吼聲，往下揮舞棍棒。土棒被打壞了。

不過，我繼續在半獸人前進的路上做出障礙物。雖然可以稍微拖住牠的腳步，可是糟糕，我可能消耗太多魔力了。一股體力透支的感覺向我襲來。

「荷倫還好嗎！」

「嗯。」

雖然使不上力氣，但我不能不跑。辛拉著我的手。

半獸人停下腳步，把交叉的柵欄打壞。

「可惡，在這裡交戰吧。」

辛一大叫，小拉就開始舉弓放箭。可是，半獸人把射過去的箭打落。

「怎麼會……」

竟然能把飛行中的箭打落，真是不敢相信。

辛舉箭，布魯舉起斧頭。

「荷倫，快逃。我們來爭取時間。」

「大家……」

小拉射出弓箭，辛和布魯揮舞劍和斧頭。可是，所有的攻擊都被棍棒擋下，辛他們只能不斷防禦。

不只如此，用劍擋住棍棒攻擊的辛被打飛了出去。布魯揮起斧頭。可是，斧頭插進半獸人的棍棒，讓布魯直接被棍棒甩飛了出去。

「辛！布魯！」

半獸人一邊吼叫，一邊走向我和小拉。

半獸人朝我們撲了過來。

小拉放箭。箭射中了半獸人的手臂，但牠卻沒有停止動作。我使用僅剩的魔力，用堅硬的土塊擊中半獸人的臉。半獸人的動作停下來了。

成功了。

小拉繼續放箭，雖然有射中半獸人的身體，牠卻還是沒有倒下。我在手上集中最後一點魔力。更硬、轉速更快、更強大，我對半獸人施放壓縮過的土魔法。堅硬的土塊命中半獸人的左手臂。我明明是瞄準身體，卻打偏了。半獸人高聲嚎叫。牠露出痛苦的表情，企圖舉起左手臂，但似乎無法如願。

半獸人舉起拿著棍棒的右手臂，而我們想要趁機逃跑。半獸人的右手臂往下揮的同時，整條手臂掉落到地面上。牠的頭也滾落到地上。

「基爾，風頭都被你搶走了啦。」

「我沒有那個意思。」

我們聽到這樣的聲音。

留著一頭金色秀髮的女性和體格壯碩的男性出現在我們面前。

我們有在冒險者公會見過他們兩人。我記得他們是露麗娜小姐和基爾先生。

「沒事吧?還是說,我們搶了你們的獵物?」

「不,是救了我們。」

「太好了。從遠處看起來,你們好像是遭遇襲擊。因為半獸人背對我們,我們就趁著這個機會攻擊了。」

我為了確認現狀,開始環顧四周。半獸人的頭好像是被基爾先生的劍砍下來的。一擊必殺,太厲害了。

「辛和布魯呢!」

我望向辛和布魯被打飛的方向。

「我們在這裡。」

辛和布魯按著身體走過來了。

「辛、布魯,你們沒事吧?」

我想要跑到兩人身邊,但是因為過度使用魔法,不小心失去了平衡。辛跑過來扶住差一點跌倒的我。

「荷倫,妳沒事吧?」

「嗯,只是有點消耗太多魔力了,我沒事。你們才是,沒事吧?」

「嗯，我們沒事。只是身體摔到而已。」

布魯也說自己沒事。太好了，他們兩個好像都沒有受什麼嚴重的傷。

「真的很謝謝兩位救了我們。」

我們鄭重地對露麗娜小姐和基爾先生道謝。

「別在意。我們也只是因為半獸人的背後破綻百出，趁機攻擊而已。我記得你們是新人冒險者吧？」

「是，我叫做荷倫。」

「我是辛。」

「我是拉特。」

「我是布魯托。」

「我是露麗娜，這邊這位話很少的是基爾。」

「是，我們知道。聽說兩位是很優秀的冒險者。」

「是嗎？先不說這個了，這附近有半獸人出沒，很危險喔。」

露麗娜小姐很害羞似的給我們忠告。

「真的嗎？我們聽說這裡也有野狼。」

「的確有，可是也有半獸人，如果沒有可以打倒一隻半獸人的實力，是很危險的喔。」

的確，我們四個人一起上也打不贏半獸人。

我得多多練習魔法，變得更強才行。最後那一擊的魔法如果不是打中手臂，而是其他地方的話，說不定就能打倒敵人了。人一緊張，就容易打偏。小拉說自己也一樣。我們要更努力才行。

後來我們和露麗娜小姐他們一起回到有公會職員在的臨時小屋。

臨時小屋搭建在隧道附近，這裡也有冒險者在，所以很安全。

我們一回到隧道，拿著劍的可愛熊熊石像就在那裡迎接我們。

「呵呵，看到那尊石像，就讓人覺得很溫馨呢。」

露麗娜小姐看著熊熊石像微笑。

它的確很可愛。

「那個，請問這個熊的石像和優奈小姐有關係嗎？」

「荷倫，妳認識優奈嗎？」

「是，她是我的老師。」

「老師？」

「她是教我使用魔法的老師。我從優奈小姐那裡學過魔法的使用方式。多虧有她，我才不會扯大家的後腿。」

「她現在是我們很重要的戰力。」

「要是沒有荷倫的魔法，我們這次搞不好會被半獸人幹掉。」

辛和布魯都這麼說，可是我還差得遠呢。

不過，的確是多虧了優奈小姐，我才有了自信。我想要更努力，幫上大家的忙。

「原來如此，優奈是妳的老師呀。」

「是的。所以，我才會這麼在意這尊熊熊石像。」

「我聽說因為優奈發現了這條隧道，才會取名為熊之隧道。好像就是因為這樣，才會放熊的石像在這裡。」

發現者是優奈小姐。優奈小姐真厲害。

我們把狩獵得來的素材交給冒險者公會，換取金錢。

狩獵的數量也很順利地增加。只要繼續努力下去，再加上我們以前存的錢，說不定可以買到稍微大一點的道具袋。

「荷倫，你們打算在這裡待到什麼時候？」

「因為還有糧食的問題，我們預定後天回城。」

「那就跟我們一樣了。」

「露麗娜小姐和基爾先生是兩人單獨組隊嗎？」

「我們以前是總共四個人的隊伍，可是現在分開了，只剩我們兩個人。」

我望向基爾先生，辛和布魯跟他在一起。

「基爾先生，可以讓我拿拿看你的劍嗎？」

「好。」

辛從基爾先生手上接過巨大的劍。

「好重……」

「辛，你太丟臉了。」

「是這把劍太重了啦。要不然來拿拿看。」

辛把劍交給布魯。布魯舉起劍，但看起來很吃力。布魯是我們之中力氣最大的人，看來基爾先生的劍真的很重。

「比想像中輕呢。」

不，你的表情看起來很吃力。

「少來，你一定是在逞強。」

大家看起來都很開心。

基爾先生把劍拿回來，輕輕鬆鬆地揮舞它。

他每揮一次劍，辛和布魯就會讚美一次。可是基爾先生都面無表情。

「基爾也很高興呢。」

「咦，真的嗎？就算辛他們向他搭話，基爾先生都沒有反應耶。」

「會嗎？他看起來很高興呀。」

我望向基爾先生的臉。

唔唔唔唔唔，我實在是看不出來。

「明天要怎麼辦？」

「那邊有半獸人，去別的地方吧。」

「可是，附近已經沒有魔物了，要稍微跑遠一點才行。」

「既然這樣，要不要跟我們一起行動？」

我們四個人正在討論的時候，露麗娜小姐對我們這麼說。

「露麗娜小姐？」

「半獸人由我們來解決，你們就對付野狼和哥布林吧。」

「可以嗎？」

「這樣的話，兩位的工作就……」

「沒關係啦。我們已經賺得很夠了，教導新人也是冒險者前輩的責任嘛。基爾也同意吧？」

「嗯。」

基爾先生面無表情地回應。

該不會是因為露麗娜小姐擅自決定，基爾先生生氣了吧？

「那個，露麗娜小姐，基爾先生是不是生氣了？」

我小聲地詢問露麗娜小姐。

「咦，哪有？他沒有生氣呀。」

基爾先生面無表情地看著我。

他果然生氣了。

「妳看，他完全沒有生氣呀。」

我、我看不出來啦～

隔天，我們來到有半獸人的地點。雖然有點可怕，不過一想到有露麗娜小姐和基爾先生陪著我們，感覺就很安心。

「那我們會跟在後面，你們就跟平常一樣行動就好。如果有半獸人出現，我們會處理的。」

「我們知道了。」

辛回答，大家也點點頭。我們小心翼翼地前進。從前面開始分別是辛、小拉、我，後方由布魯防守。

「他們有好好想過戰略呢。」

「嗯。」

我們可以聽到露麗娜小姐和基爾先生在後面對話。知道有人在看，讓我比平常還要緊張。

走在前頭的辛指示我們停下來。從樹木的縫隙可以看到前方有兩隻野狼。我們互換位置。辛和布魯走到我們前方。然後，小拉和我開始準備使用遠距離攻擊。接著，我們決定好彼此要攻擊的對象，小拉的弓箭和我的土魔法往野狼飛去。命中目標的同時，辛和布魯衝了出去。

腹部中箭的野狼想要逃走，但是辛用劍刺向牠。布魯揮舞斧頭，對被我用土塊打中的野狼使出致命一擊。

「喔喔，打得比想像中更順利呢。」

「嗯。」

我們被露麗娜小姐他們誇獎了。感覺有點不好意思。

「大家都有分工合作呢。」

「因為我們很弱，沒有並肩作戰就打不贏對手。」

「有值得信賴的同伴是很棒的事喔。」

我們從小就是好朋友，是值得信賴的同伴。

後來，我們繼續打倒野狼和獨角兔。

有兩隻半獸人出現的時候嚇了我們一跳，可是露麗娜小姐和基爾先生一下子就打倒牠們了。

「好強。」

「露麗娜小姐好帥喔。」

「謝謝。可是跟我比起來，妳的老師厲害多了。」

「優奈小姐嗎？」

「優奈的戰鬥能力很強喔。」

「露麗娜小姐，妳有看過優奈小姐戰鬥的樣子嗎？」

「公主抱。」

「基爾！」

基爾先生回答了我的疑問，露麗娜小姐一聽到他說的詞就大叫一聲。

「公主抱？」

「那是什麼意思？」

「沒、沒什麼啦。這件事絕對不可以問其他人，絕對不行喔。要是問了，你們應該知道會怎麼樣吧？」

她再三叮嚀我們。

「雖、雖然不太懂，但我們懂了。」

我們被露麗娜小姐的氣勢逼得點頭。這件事不可以深入探究。

「基爾，不准笑！」

我望向基爾先生，他看起來不像是在笑。

在這之後，結束本日工作的我們回到有熊熊等著的隧道。

「那麼基爾先生，拜託你了。」

辛和布魯正在向基爾先生請教劍術。

他們說小拉和我很賊。小拉從布蘭達先生那裡學到弓箭的技術，我也有優奈小姐教我魔法，所以他們很羨慕。

因為這樣，兩人決定請基爾先生教他們戰鬥的方法。

「呵呵，基爾好像也滿想教人的呢。」

辛揮劍，基爾先生卻用大劍把攻擊彈開。

「基爾先生，要怎麼樣才能變強呢？」

「鍛鍊肌肉、增強體力，因為劍士的活動量最大。」

「是！」

「不要從對手身上移開視線，從經驗中學習技術。」

「如果還是贏不了的話呢？」

「和同伴一起戰鬥。你有值得信賴的夥伴。」

辛看著我們。

「請問一個人是無法變強的嗎？」

「人是有極限的，只有少數人能成為真正的強者。可是，只要和夥伴一起戰鬥，就能接近強者。」

「呵呵，難得他這麼多話。是不是很中意徒弟呢？」

「露麗娜小姐，人能變強的程度果然是有極限的嗎？」

「當然有了。人並不是平等的，魔力就是個很好的例子。我和妳的魔力量不同，優奈又跟我們有著無法相比的差距。」

「優奈小姐果然那麼強嗎？」

「很強呀。她打倒哥布林王的時候可厲害了。她讓敵人掉到洞裡，再用魔法打倒牠。光是一個人跑去打黑蝰蛇就很令人不敢相信了，她還輕輕鬆鬆地打倒了目標。」

優奈小姐好厲害。

「她實在是人不可貌相。」

「回想起第一次見到她的辛，我就覺得好恐怖。」

的確如此。她看起來就是個非常可愛的熊熊。

「當時有發生什麼事嗎？」

我說出自己第一次見到優奈小姐時發生的事。

「荷倫，不要再說了。只要是第一次見到優奈小姐，不管是誰都不會覺得打扮成一隻可愛小熊的女生會那麼強。」

辛不知道從什麼時候開始停止練劍，看來是聽到我們說話了。

「辛，你做的事情真可怕。要好好珍惜性命才行喔。」

「連露麗娜小姐都這麼說……」

「惹優奈生氣是很可怕的。」

「基爾先生？」

「我們以前的同伴挑釁過優奈，結果被痛扁了一頓。他當時的臉腫得可厲害了。」

露麗娜小姐笑著這麼說，可是好恐怖喔。

辛聽到這件事，表情變得很僵。幸好他沒有被痛扁一頓。

然後到了隔天，我們和露麗娜小姐他們一起搭上返回克里莫尼亞的馬車。

我們為了消除疲勞，決定休假幾天。然後，今天大家一起上街購物，買到我們心心念念的道具袋。

「這樣一來就可以搬運狩獵到的魔物了。」

「嗯，目標是所有人都有一個這種大小的道具袋。」

「大家加油吧。」

「好～～」

自從遇到優奈小姐以後，我總覺得一切都變得很順利。

以前的我們過得很辛苦。平常要省著錢，看到想要的東西也要忍耐。

對我來說，優奈小姐說不定是帶來幸運的熊熊。

後記

非常感謝您拿起《熊熊勇闖異世界》第五集。故事終於來到第五集了，真是令人高興。

撰寫本篇原稿的時候正好是七月到八月，我在天氣最熱的季節中寫完了本書。當然，執筆時全程都開著空調。或許是氣溫的關係，電腦在途中不知道當機了幾次。每次當機時我都會一陣慘叫，不過因為有時常存檔，所幸並沒有太大的損失。

這本第五集延續著第四集，講述的是密利拉鎮後來的故事。克里夫和米蕾奴小姐變得相當忙碌。就算有隧道，要讓隧道能夠通行也是很辛苦的。

在人家辛苦工作的時候，優奈卻在一旁吃著淋上滿滿蜂蜜的鬆餅。而說到蜂蜜就想到熊。本書標題明明就叫做《熊熊勇闖異世界》，這卻是真正的熊第一次登場。

一般人都認為熊是很危險的動物，新聞中也有熊攻擊人類的報導。不過從書名也可以略知一二，這個世界對熊是很溫柔的。現實中人和熊很難共存，但我覺得人和熊至少可以在故事裡共存。

希望優奈和熊都可以得到幸福。

最後我想感謝為本書盡心盡力的各位。

029老師總是能繪製出超乎我想像的美麗插畫，非常感謝您。封面上優奈和熊急的純白色組合真的很可愛，感謝您願意答應我的各種請求。

感謝編輯在校對時修正了稿子的許多錯誤。

另外也要感謝眾多參與本書製作過程的同仁。

感謝讀到這裡的讀者。

那麼，希望下一次能在三月的第六集與大家見面（註：此為日本出版情況）。

二〇一六年十一月吉日　くまなの

國家圖書館出版品預行編目資料

熊熊勇闖異世界 / くまなの作 ; 王怡山譯. -- 初版. -- 臺北市 : 臺灣角川, 2017.05-
冊 ; 公分
譯自 : くまクマ熊ベアー
ISBN 978-986-473-672-0(第4冊 : 平裝). --
ISBN 978-957-8531-19-2(第5冊 : 平裝)

861.57 106004523

Kadokawa
Fantastic
Novels

熊熊勇闖異世界 5

（原著名：くま クマ 熊 ベアー 5）

2017年12月6日　初版第1刷發行
2021年6月30日　初版第3刷發行

作　者：くまなの
插　畫：029
譯　者：王怡山

發行人：岩崎剛人
總編輯：蔡佩芬
編　輯：邱璨萱
美術設計：黃永漢
印　務：李明修（主任）、張加恩（主任）、張凱棋

發行所：台灣角川股份有限公司
地　址：105台北市光復北路11巷44號5樓
電　話：（02）2747-2433
傳　真：（02）2747-2558
網　址：http://www.kadokawa.com.tw
劃撥帳戶：台灣角川股份有限公司
劃撥帳號：19487412
法律顧問：有澤法律事務所
製　版：尚騰印刷事業有限公司
ISBN：978-957-853-119-2